플로리다에서
여유로운 일상

플로리다에서 여유로운 일상

초판 1쇄 인쇄 · 2018년 11월 30일
초판 1쇄 발행 · 2018년 12월 5일

지은이 · 이정희
펴낸이 · 한봉숙
펴낸곳 · 푸른사상사

주간 · 맹문재 | 편집 · 지순이 | 교정 · 김수란
등록 · 1999년 7월 8일 제2-2876호
주소 · 경기도 파주시 회동길(서패동) 337-16
대표전화 · 031) 955-9111(2) | 팩시밀리 · 031) 955-9114
이메일 · prun21c@hanmail.net
홈페이지 · http://www.prun21c.com

ⓒ 이정희, 2018

ISBN 979-11-308-1390-5 03810
값 14,900원

플로리다에서
여유로운 일상

이정희 산문집

푸른사상
PRUNSASANG

남편의 마지막 안식년을 어디에서 보내면 좋을까 고민하던 중, 남편이 석사과정을 밟았고 우리가 신혼 생활을 했던 미국 플로리다에 가고 싶어졌다. 남편도 동의하여 34년 만에 플로리다에 가게 되었다.

플로리다의 야자수와 멋진 자연 풍광이 선연하게 떠올랐다. 아름다운 시절이었지만 동시에 가슴 한구석에 아쉬움이 남았다. 다시 가고 싶다는 바람을 오랫동안 묻고 살아왔다. 다시 그곳에 간다면 이번엔 알차게 미련 없는 시간을 보내고 올 수 있을 것 같았다.

아무것도 모르던 젊은 시절, 자신감 하나로 낯선 곳에서의 생활을 시작했다. 1980년 초반 한국에 비하면 미국은 광활하고 풍요로운 땅이었고 캠퍼스 타운의 시설들은 멋지기만 했다. 그러나 우리 가족에게는 그 풍요를 즐길 여유가 없었다. 학교와 도서관, 집만 오가며 공부하는 남편을 뒷바라지하면서 아이를 키우고 베이비시터 일까지 하느라 변변한 여행도 못 했다. 그 유명한 휴양지 마이애미도 못 가보고 플로리다를 떠난 것이다.

나에게 최고의 시간을 선물하고 싶어 다시 찾아간 플로리다. 여전히 맑은 공기와 강한 햇살과 예쁜 야자수가 우리를 반겨준 곳. 플로리다 게인스빌에서 만난 사람들과 모든 것이 감사하기만

하다. 집 앞의 아름다운 산책로, 조금만 가면 만나는 대서양, 멕시코만 등등. 전반기에는 출가한 딸 가족이 방문하여 손녀와 함께 플로리다 생활을 했고, 후반기에는 아들과도 나날을 함께했다. 그곳에서 보낸 1년이 우리 가족에게는 소중한 시간이었다.

나의 생활을 매일매일 기록하다 보니 그 기록이 나에게, 그리고 우리 가족에게 가장 큰 선물이 될 것 같았다. 처음에는 플로리다 게인스빌에서의 생활을 자세히 기록하는 것으로 시작했다. 미국 생활에 차츰 정착하면서 반복되는 하루하루를 그대로 적는 대신 조금씩 나의 생각과 느낌을 담았다. 한국에 돌아와서 일기를 정리하며 그 시절 그 기분으로 돌아갔고 즐거웠던 추억이 생생하게 되살아났다. 추억을 현재로 이어주는 소중한 보물이 생긴 것이다.

2018년 초겨울

이정희

* 본문 중 오늘의 묵상은 가톨릭 매일 미사 책 『오늘의 묵상』에서 발췌한 것입니다.

● 차례

겨울, 준비하는 계절

봄이 전하는 소식

여름의 축복

가을이 오는 소리 .

굿바이, 플로리다

겨울, 준비하는 계절

▲ 34년 전 살았던 코리 빌리지
◀ 파크레인 아파트의 노란 장미꽃이 핀 현관
▼ 오리가 노니는 집 앞 잔디밭

▶ 알라추아 시립 도서관 ▲▲ 학교 부근에 열린 파머스 마켓
▲ 헤일에 있는 평화의 모후 성당

▲▲ 라츄아 트레일 주립공원의 악어들
▲ 나비박물관

플로리다로 가는 길

오후 4시 40분 샌프란시스코행 비행기에 올랐다. 남편이 1년 동안의 안식년을 미국 플로리다대학에서 보내기로 해서 함께 가는 길이다. 비행 시간은 11시간, 시차는 12시간. 오늘은 36시간이나 되는 긴 하루다. 샌프란시스코에서 다시 플로리다 올랜도로 가는 비행기를 갈아타고 6시간을 더 가야 한다. 플로리다대학은 남편이 석사과정을 밟았던 모교이다. 우리 부부가 처음 미국 생활을 시작한 곳이기도 하다.

오래된 필름을 영사기에 돌리듯 옛날 일이 떠오른다. 34년 전 1982년, 남편 먼저 유학길에 올랐다. 요한 씨는 만삭이 된 나를 남겨두고 가방 하나 달랑 들고 미국으로 떠났다. 한 달 후 딸 선혜가 태어났고 나는 어느 정도 회복된 후 딸과 함께 뒤따라 출발하게 되었다. 남편은 된장, 고추장을 포함해서 내가 가져가야 할 물건들의 목록을 편지지 석 장에 빼곡히 적어 보냈다. 나는 이민 가방 세 개와 8개월 된 아기를 데리고 비행기를 탔다. 전쟁터 나가는 군인의 마음이었다. 그때는 서울에서 LA까지 14시간 이상 걸렸고, 다시 탬파행 국내선 비행기로 갈아타서 7시간 이상 이동하여 탬파 공항에서 남편을 만나기로 했다. 아기는 비행기에서 울다 지쳐 자다 깨다 울고 똥에 오줌에 정신이 없었다. 한국에서는 거즈로 만든 기저귀를 매일 한 솥씩 삶아 빨아 햇볕에 말려 사용했는데, 승무원이 준 일회용 종이 기저귀를 쓰고 버리니 이런 세상도 있구나, 신세계를 경험한 기억이 난다.

탬파에 도착했을 때 아기와 나는 너무 지쳐 있었고, 몰골도 말이 아니었다. 비행기 타기 며칠 전 미용실에 가서 퍼머를 했었다. 시어머니가 풀리지 않게 꼭꼭 감아달라고 특별히 부탁을 해서 아주 뽀글머리가 되었다. 초록색 누비 포대기로 아기를 업고 뽀글머리 시골 아낙네 모습으로 남편을 만났다.

탬파 공항으로 마중 나온 남편은 헤어진 지 9개월 만에 공항에 나타난 마누라가 뽀글머리에 전형적인 시골 아낙의 모습이어선지 굉장히 실망스런 눈빛과 태도로 나를 대했다. 사진 몇 장으로 본 딸과의 첫 대면도 경상도 사투리로 "야가? 살 좀 빼야겠다." 두 마디로 끝냈다. 생고생을 하고 온 가족한테 한 첫마디가 고작 그 말이었다. 지금 생각해보니 후배 차를 빌려 타고 마중 나왔는데 후배한테 창피했었나 보다. 탬파에서 차로 두 시간 가서 플로리다 대학이 있는 게인스빌(Gainesville)에 도착했다. 가는 도중에 아기가 울어서 모유를 먹이려니 요한 씨가 눈치를 주면서 못 하게 했다. 자동차 속에서 두 시간 내내 마음이 착잡했다. 반갑기는커녕 서로 실망을 했다. 요한 씨는 그동안 살이 빠졌고, 플로리다의 강렬한 햇빛에 타서 새까맣게 되어 마치 캄보디아 사람 같았다. 아무런 대화도 없이 도착한 곳은 우리 집도 아니고, 기혼자를 위한 학생아파트 가운데 하나인 머과이어 빌리지(Maguire Village)에 사는 유학생 정태원 씨 집이었다. 호텔로 갔으면 좀 더 편했을 텐데, 돈 아끼려고 그의 호의를 덥석 받아들여 방을 하나 빌려둔 것이다. 우리 집으로 신청해둔 코리 빌리지(Corry Village)는 일주일 후에나 들어갈 수 있다고 했다. 나는 할 말이 많았는데 남의 집에 들어가니 대화를 할 분위기가 전혀 아니었다. 서로 아무 말 없이 잠을 청했다.

요한 씨는 그동안 자전거를 타고 집과 도서관을 오가며 살았다고 했다. 음식이 입에 맞지 않아서 살이 많이 빠졌다. 힘든 시간을 보낸 것같이 보였다.

34년 전 일이 엊그제 일처럼 필름이 돌아가듯 지나갔다.

플로리다 가는 길은 멀었다. 올랜도행 국내선 비행기는 불편했고, 그나마 좌석이 넉넉지 않아서 요한 씨랑 떨어져 앉았다. 이 나이에 6시간 비행은 너무 힘들었다. 요한 씨는 손녀 다은이 또래의 딸을 데리고 탄 젊은 부부와 함께 앉았다. 이야기를 나누고 아기를 돌봐주면서 지루함을 달래는 것 같았다.

올랜도 공항에 도착해서 수속을 밟고 허츠(Hertz)에 가서 차를 빌리고 나니 밤 11시가 지났다. 한국에서 예약해둔 공항 부근 햄턴호텔을 찾아가서 체크인했다. 뜨거운 물을 받아서 몸을 담그고 피로를 풀었다. 길고 긴 하루였다. (2016.12.20)

타임머신 타고 게인스빌로

아침 7시, 모닝콜 소리에 잠이 깼다. 넉넉히 아침 식사를 하고 설레는 가슴을 안고 게인스빌로 출발했다. 34년 전에 게인스빌에서 맞이한 첫날의 맑고 푸른 하늘, 강렬한 햇살, 상쾌한 공기는 아직도 또렷하게 기억에 남아 있다. 다시 찾은 게인스빌에선 여전히 강렬한 햇살과 청명한 하늘이 우리 가족을 반겨주었다. 요한씨 제자 아람 씨가 나와서 함께 다니며 미리 알아봐뒀던 몇 군데 아파트를 소개해주었다. 그중에서 파크레인 아파트가 가장 마음에 들었다. 우리가 원하는 1층이고 조용하며 안정되어 보이는 주변 분위기가 마음에 들었다. 특히 거실 바닥이 카펫이 깔려 있지 않은 마룻바닥이라 더 마음에 들었다. 여러 가지 필요한 서류들을 넣고 승인을 기다렸다.

박사과정 중인 아람 씨는 휴가 간 지도교수 퍼거슨 교수님 댁에서 지낼 테니 그동안 사용하라며 집을 비워주었다. 학생아파트인 코리 빌리지, 이곳은 우리가 34년 전 살았던 아파트이기도 하다. 옛날 그대로였다. 생각을 더듬어 우리가 오래전 살던 아파트를 찾아보았다. 조금씩 기억이 살아났다. 베이비시터로 일하며 딸 선혜랑 미국 아이 세라, 터키에서 온 세일젠이랑 자주 나와서 그네를 타던 놀이터는 세월이 지나도 여전히 자리를 지키고 있었다. 내 의식 밑바닥에 잠들어 있던 세상이 현실에선 이어지고 있었다.

나를 엄마라 부르며 내가 먹는 라면을 달라고 떼를 쓰던 세일

젠, 장난감을 서로 갖겠다며 선혜랑 다투던 세라의 모습이 생생하다. 전기공학을 공부하러 온 유학생 이웃 태섭이네와 순영이네도 생각났다. 그 시절로 타임머신을 타고 돌아온 것 같았다. 꼭 다시 오고 싶었는데 꿈이 이루어졌다. 잠자리에 들었는데 낯설지 않아 편안하게 잠이 들었다. (2016.12.21)

기록을 남기자

어제 봐둔 파크레인 아파트를 다시 찾아갔다. 미국 아파트의 입주 시스템은 너무 까다로워서, 미국으로 들어올 때 비자를 받기 위해 준비했던 서류들을 복사해서 제출하고, 출입국사무소에서 심사해서 승인이 날 때까지 기다려야 했다.

먼저 GRU(Gainesville Regional Utilities)에 가서 전기를 신청하고, 세입자 보험에 가입했다. 임대 사무실에서 요구사항들을 듣고 서류에 사인하는 데 한 시간 이상 걸렸다. 마지막으로 입주할 집을 점검하고 청소를 마무리하는 시간이 필요했다. 아람 씨 집에서 하루 더 묵어야 했다.

공항에서 수하물 검사를 하며 거칠게 다루는 바람에 깻잎김치를 담아둔 플라스틱 통이 열려서 양념이 새어나와 옷이랑 가방에 냄새가 났다. 비닐로 좀 더 꼭꼭 밀봉했어야 했는데 후회가 된다.

어제 일찍 잠들어서인지 새벽에 잠이 깨서 잠이 오지 않는다. 나의 마음은 구름처럼 둥둥 과거의 시간을 떠다니고 있었다. 이런저런 생각을 하며 해가 뜨기를 기다렸다. 풋풋한 신혼을 시작했던 플로리다에 다시 돌아오니 고등학교 국어 시간에 배웠던 서정주의 시 「국화 옆에서」의 한 구절이 떠올랐다.

　　그립고 아쉬움에 가슴 조이던
　　머언 젊음의 뒤안길에서
　　이제는 돌아와 거울 앞에 선
　　내 누님같이 생긴 꽃이여

　미국 오기 전 플로리다 시절을 돌아보기 위해서 앨범을 찾아보았더니, 사진 몇 장 외에는 기억을 되살릴 수 있는 게 별로 없었다. 이번에는 플로리다 생활을 상세히 기록해야겠다. 세월이 지나도 두고두고 기억할 수 있도록. 이번 요한 씨의 마지막 안식년이 우리 부부에게 좋은 시간이 될 것 같다. (2016.12.22)

1년짜리 우리 집

　오리엔테이션을 약속한 저널리즘 스쿨(Journalism School, 언론

대학) 비서를 찾아갔다. 릴리 로드리게스라는 남미 쪽 억양을 쓰는 여자분이었다. 친절하게 일을 잘 처리해주었다. 인터내셔널 센터(International Center)에 가서 신고를 하고, 라이츠 유니언(Reitz Union) 학생회관에 가서 교직원 신분증을 만들었다. 저널리즘 빌딩으로 와서 사용할 사무실 열쇠를 받는 것으로 두 시간 오리엔테이션이 끝났다. 릴리의 방에 돌아가 선물로 준비한 옥 목걸이를 선물했더니 좋아했다.

짐가방을 풀어서 옷은 옷방으로, 음식은 부엌으로, 화장품은 화장실 파우더룸으로 일단 자리 배치만 했다. 샤워하고 나니 11시가 넘었다. 한국에서 달고 온 감기 기운이 아직 남아 밤이 되면 기침을 조금씩 한다. 1년간 살 우리 집이 낯설어 잠이 잘 오지 않았다. 내일을 위해 잠을 청했다. (2016.12.23)

새소리에 눈을 뜨고

아침 새소리에 잠을 깨어 문을 여니 파란 잔디밭이 평화롭다. 숲 속에 온 것 같다. 간간이 주민들이 개를 데리고 산책하는 모습만 보였다. 행복했다. 이 평화로운 사람들의 이웃이 된 것이다. 아침 식사를 하려고 미국 전통 브런치 식당 메트로 다이너(Metro Diner)로 갔다. 사람이 많아서 기다렸다. 동양인은 우리 부부밖에 없었다. 주문할 때 젊은 백인 아가씨 말씨가 얼마나 빠른지 잘 들리지 않았다. 그러나 수프도 맛있고 채소를 넣은 오믈렛도 맛있다. 비스킷도 직접 만들어서 촉촉하고 부드러웠다. (2016.12.24)

우여곡절 자동차 구입기

우리 부부의 첫 자동차는 내가 딸과 함께 미국에 오기 전 요한 씨가 구입해둔 12년 된 중고차로 탱크 같은 8기통 쉐보레 말리부였다. 그마저도 전 주인이 2주 후 귀국할 때 받기로 해서 내가 도착했을 때까지도 차가 준비되지 않았다. 남편 따라 미국에만 오면 모든 일이 다 해결될 줄 알았는데 전혀 아니었다. 시작부터 험난했다. 그 차는 몇 달도 채 되지 않아 갑자기 시동이 꺼져서 우리를 놀라게 했고 몇 번 수리를 맡겼는데 계속 고장이 났다. 차가 커서 기름은 또 얼마나 먹는지 자꾸만 속을 썩였다. 아무래도 속아서 잘못 산 것 같았다. 고민 끝에 헐값으로 되팔고 다른 차를 사기로 했다. 신문광고를 열심히 뒤져서 2년 된 닷선 자동차를 찾아냈다. 전화를 해서 약속을 정하고 게인스빌에서 2시간 떨어진 탬파까지 차를 가지러 갔다. 차 주인은 백인 중년 부부였다. 5천 달러를 주고 자동차 열쇠를 받았다. 요한 씨는 새로 산 차를 몰고 앞장서 가고, 나는 탱크 같은 말리부 뒷좌석에 딸을 앉히고 따라갔다.

시동 꺼지면 어떡하나 조마조마한 마음으로 요한 씨를 따라 차를 몰았다. 핸드폰이 없던 그 시절, 요한 씨를 놓치면 국제 미아가 될 것 같았다. 탬파는 게인스빌보다 큰 도시여서 차가 아주 많았다. 집에 오니 긴장이 풀려서 파김치가 되었다.

이번에도 차를 알아봐야 했다. 가격을 알아볼 겸 카맥스(Carmax)를 포함해서 여러 곳을 둘러보았다. 짐도 실을 수 있도록 SUV를 중심으로 알아보다가 마음에 드는 혼다 CRV 중고차를 10,200달러에 구입하기로 했다. 미국에서는 자동차 보험 가입이 안 되면 차를 내주지 않는다. 보험회사에 전화를 했더니 플로리다 면허증으로 갱신해야만 싼 보험에 가입할 수 있다고 했다. 국제 운전면허증으로는 보험 가입비가 두 배나 비쌌다. 학교에 방문교수로 신고하고 1주일이 지나야 운전면허 시험장에서 면허 신청을 할 수 있다고 했다. 지금까지는 일이 잘 풀렸는데 보험 가입에서 문제가 생겼다. 좀 더 알아보기로 했다. (2016.12.26)

미국 냄새 적응 완료

미국 땅에 내리면 냄새가 다르다. 미국 땅임을 맨 먼저 알게 해 주는 것이 냄새다. 이쪽 사람들에게서 나는 강한 향수 냄새, 아파트 사무실에 들어가면 코를 찌를 듯 강한 라벤더 향, 마트에서 맡을 수 있는 낯선 향신료들 냄새, 특히 중국 마트의 독특한 냄새들, 옆집에서 요리할 때 나는 인도 음식 냄새, 멕시코 음식 냄새.

냄새가 없는 무취를 가장 좋아하는 내가 서서히 냄새에 적응되어간다. (2016.12.28)

쉽지 않은 가구 구입

중고매매 사이트를 둘러보니 우리에게 당장 필요한 식탁과 소파가 몇 개 올라와 있었다. 알려준 주소대로 찾아가보기로 했다. 오래된 나무가 많이 우거져 으스스한 기분이 드는 곳이었다. 집은 저 안쪽으로 보였다. 어쩐지 오싹해져서 그냥 돌아갈까 생각할 때 큰 개가 우리 차 앞으로 다가와 짖었다. 파키스탄 쪽 사람 같은 뚱뚱한 아줌마가 나왔다. 가구 보러 왔다고 하니 안내를 해주었다. 집도 흉가 같았다. 얼른 가구를 구경하고 마음에 들지 않아서 나왔다.

1월 말에 한국으로 돌아가는 교수님 댁에서 TV와 소파를 사기로 했다. 그 물건도 그다지 마음에 드는 건 아니지만 새 물건이 아니고서는 마음에 쏙 드는 물건 찾기가 쉽지 않았다. 흉가 같은 집에 다녀오고 난 후 개러지 세일(garage sale)에 대한 의욕이 좀 떨어졌다. 사이트에 올려둔 사진은 그럴듯한데 실제 물건은 진작 갖다

버려야 할 정도인 게 태반이었다. (2016.12.29)

한 해를 보내며

　현대해운의 금년도 마지막 손님으로 한국에서 온 짐들을 받았다. 행복한 마음으로 보물 찾기 하듯 박스를 하나씩 열었다. 그래도 잘 찾아온 간장도 반갑고, 전쟁통을 뚫고 온 고추장, 된장, 마늘, 고추장아찌도 기특하고, 여름옷들도 반갑게 만났다. 부자가되었다.

　간단히 저녁 식사를 마친 후, 한인 성당 미사에 참석했다. 미국 성당인 세인트패트릭 천주교회(St. Patrick's Catholic Church)를 빌려서 공소 형태로 운영되며, 매주 토요일 7시에 특전 미사가 있다. 평소 30~40명의 신자가 모이는데, 오늘은 방학 기간이어서 20명 정도 참석했다.

　1월 1일 성모대축일 미사를 미리 토요 특전 미사로 드렸다. 잭슨빌에 있는 성 최경환 프란체스코 한인 성당에서 오신 김영수 스테파노 신부님께서 집전해주셨다. 잭슨빌과 게인스빌은 1시간 30분 정도 거리이다. 미사 후 한인 성당 교우들과 조촐한 송년 모임을 가졌다. 모두 친절하고 가족처럼 서로 도와주고 함께 지내는 모습이 보기 좋았다. 신부님께 청해서 고백성사를 보았다. 안식년을 플로리다에서 생활하도록 허락해주신 은혜와, 지난 한 해 베풀어주신 사랑에 감사하는 마음으로 2016년과 작별했다. (2016.12.31)

행복한 새해 아침

가족들과 돌아가면서 안부인사를 했다. 지난해를 돌이켜보면 너무나 감사한 일이 많은 축복의 해였다. 그런데도 감사하기보다 부족하다고만 여기고 더 채우려고 아등바등하며 살았던 것을 반성한다.

2017년 새해에는 복과 사랑을 내가 짓고 내가 받는다는 말씀을 기억하고 사랑을 내가 먼저 남에게 주어야겠다. 행복도 누가 주는 것이 아니라 내가 만들고 아름다운 세상도 내가 만들어가야 한다. 기도 생활을 계속 이어가는 것도 새해 목표 중에 하나이다. 내가 만든 행복한 새해를 꿈꾸며……. (2017.1.1)

플로리다의 무지갯빛 꿈

꿈을 꾸고 있을 때는 세상이 온통 아름답다.

마술에 걸린 것처럼.

그래서 무지갯빛 꿈을 꾼다.

플로리다의 무지갯빛 꿈이 현실이 되었다.

그래서 세상이 온통 아름답게 보이나 보다.

마술이 풀리기 전까지……. (2017.1.2)

신비한 도화지

우리 집 거실 창 너머 보이는 하늘은 하나의 작품이다.

시간마다 다른 색깔과 모양의 구름이 예술 작품을 그린다.

오늘은 뭉게구름, 내일은 또 어떤 작품으로 나의 시선을 잡아

둘까?

하늘은 매일 다른 그림을 그려내는 하늘색 도화지다. (2017.1.3)

시립도서관에서

알라추아 시립도서관(Alachua County Library)을 찾았다. 영어 공부도 할 겸 친구도 사귈 겸 도서관에서 운영하는 영어회화 튜터 프로그램(Tutor Program)을 알아보았다. 도서관이 크고 잘 되어 있었다. 영어 CD, DVD도 대여할 수 있었다. 그동안 본 명작 영화를 다시 한 번씩 보면 좋을 것 같다. 특히 어린이 도서관 시설이 잘 되어 있다. 화, 목요일은 무료로 이야기를 들려주는 스토리텔링 시간이 있다. 부모와 함께 하는 프로그램이어서 나중에 손녀가 왔을 때 함께 하면 좋아할 것 같다. 튜터 프로그램 신청을 하고 왔다. 돌아오는 길은 차량 통행이 많아졌다. 방학이 끝나고 학기가 다시 시작되어서 그런가 보다. (2017.1.4)

남편과 함께 장보기

장 보러 마트 갈 때 자연스럽게 요한 씨랑 함께 간다. 처음에는 여러 마트를 탐구하는 마음으로 즐겁게 다녔다. 시간이 지나 요한 씨의 참견이 시작되면서 마트에서 돌아올 때 의견 충돌이 잦다. 한국에 있을 때는 마트에 함께 갈 일이 거의 없었다. 여기서는 시간적 여유가 있고 심심하니깐 요한 씨도 마트 가는 것을 즐기는 것 같다. 더 이상 참견하지 않겠다는 다짐을 받고 마트에 가지만 잘 지켜지질 않는다. 삐그덕거리지만 함께한다. 시장 보기도 선택의 연속이다. 메뉴 선택이 되어야 재료 구입으로 이어지고 양 조절, 가격, 신선도 등 쉽지 않은 과정을 거쳐야 한다. 요한 씨도 비로소 주부의 고충을 조금은 이해하는 것 같다. 언젠가 혼자 시장 볼 일을 대비해서 연습한다고 생각하고 불편하지만 참고 함께하는 것을 즐긴다.

'주님 저에게 기쁜 하루를 허락하시고 자유로운 시간을 주셔서 감사합니다. 오늘 제가 겪었던 모든 일에 대해 감사드립니다.' (2017.1.5)

아름다운 산책로

안개가 짙다. 오늘 하루를 시작하게 해주신 은혜 감사하며 묵주기도를 바쳤다. 안개 낀 산책로가 멋있다. 나 자신을 만날 수 있으며, 여유 있게 기도할 수 있으니 감사하다. 기도는 불가능을 가능하게 해주는 힘이 있다. 우리 자신이 신비한 힘을 지닌 인간이기 때문이다. (2017.1.6)

긴 세월 기다려준 떡 기계

34년 전 유학생 시절 큰마음 먹고 장만한 떡 기계를 고이 모셔 두었다가 이번에 가져왔다. 아침에 인절미를 만들어보았다. 성공적으로 떡이 완성됐다. 아침 식사로 야채 주스, 인절미 한쪽, 요구르트, 사과를 먹을 생각이다. 여기 현지인들의 식사는 대체로 짜고 기름져서 비만인 사람이 너무 많다. 여기 식단으로 며칠 먹었더니 바로 배가 나온다. 우리 한식이 건강 음식이다. 긴 세월 고장 나지 않고 기다려준 떡 기계가 고맙다. (2017.1.7)

평화의 모후 성당

헤일에 있는 평화의 모후 성당에 미사를 보러 갔다. 신부님의 자유로운 미사 집전이 마음에 들었다. 미사는 여러 시간대로 나눠서 드리게 되어 있었다. 오전 10시 미사에 참석했다. 오늘은 유아 세례식이 있어서 1시간 30분 정도 걸렸다. 미사를 마치고 준비된 음료와 과일, 도넛을 먹으며 서로 인사하는 친교 시간이 있었다.

신부님께 한국에서 왔다고 인사하니 한국말로 "사랑합니다"라고 하며 우리 가족을 환영해주셨다. 미국 성당에서 미사에 참석하려면 주기도문, 영성체송 정도는 영어로 외워야겠다.

> Our father in heaven
>
> Hallowed be your name
>
> Your kingdom come
>
> Your will be done on earth as it is in heaven
>
> Give us today our daily bread
>
> Forgive us our debt as we also forgiven our debtors
>
> and lead us not into temptation
>
> but deliver us from the evil
>
> for yours is the kingdom and the power and the glory
>
> forever, Amen. (2017.1.8)

머과이어 빌리지의 격세지감

머과이어 빌리지는 34년 전에 미국 처음 왔을 때 며칠 머물렀던 선배의 집이 있던 곳이다. 처음 본 서양식 아파트였다. 넓은 거실 바닥에 카펫이 깔려 있고, 아파트 단지 가운데 수영장이 있었다. 어린아이들이 수영하며 놀고 있는 모습을 보니 여기가 미국이구나 싶었다. 그런데 우리 집인 코리 빌리지에 가니깐 수영장도 없고, 집도 머과이어보다 작고 못해서 남편을 원망했던 기억이 난다. 그때의 아쉬움이 플로리다에 다시 오게 된 열 가지 이유 중에 하나이다. 지금 보니 머과이어 아파트는 그때 그렇게나 부러워했던 것이 의아해질 만큼 소박한 학생아파트이다.

좋으신 하느님, 또 한 주간을 시작하면서 제게 밀려올 일에 대한 걱정과 불안을 떨칠 수가 없습니다. 그 모든 일을 감당할 수 있는 힘을 저에게 주소서. 주님 제가 했던 모든 일, 잘된 일이나 잘못된 일을 모두 당신께 바칩니다. (2017.1.9)

퍼거슨 교수님과의 재회

요한 씨 석사과정 때 논문 심사위원이었던 퍼거슨 교수님을 34년 만에 만났다. 우리 부부가 먼저 도착해서 두근거리는 마음으로 기다렸다. 지팡이를 짚고 나타난 교수님의 모습에서 긴 세월의 흐름을 느낄 수 있었다. 요한 씨와 교수님이 부둥켜안고 반갑게 인사를 나누었다. 그간의 일들을 묻고 서로의 가족들 안부를 나누었다.

퍼거슨 교수님은 아들 둘을 두었다. 큰아들은 LA 부근 디즈니에 있고, 둘째 아들은 미네소타에 살고 있다. 남편은 몇 년 전에 돌아가셨다. 지금은 학교에서 30마일 떨어진 농장에서 살고 계신다. 소와 말, 친구이자 가족 같은 큰 개를 키우고 있어서 농장을 떠나지 못한다고 하셨다. 우리도 딸네 부부와 손녀, 아들의 안부를 전했다. 손녀가 있다고 하니 몹시 부러워하셨다. 다시 만나길 약속드리고 헤어졌다.

갑자기 손녀 다은이가 더 보고 싶어졌다. 미국 오기 전 마지막 영상통화를 했다.

주님, 오늘 하루 제가 했던 모든 일을 부드럽고 좋은 당신 손에 맡깁니다. 당신께서 손을 내밀어 저를 보호하시고, 당신의 손 안에서 이 밤을 편안히 지낼 수 있게 하소서. (2017.1.10)

힘든 시절을 건디게 해주었던 테니스장

유학 시절 남편이 도서관만큼 자주 갔던 곳이 학교 테니스장이다. 운동이 필요할 때면 라켓을 들고 테니스장에 가서 땀을 흘리고 돌아오곤 했다. 밤이면 라이트가 환하게 켜지는, 늦은 시간에도 운동을 할 수 있는 곳이었다. 힘든 유학 시절을 버틴 힘이 되었던 고마운 곳이다. 운동을 싫어하던 나도 남편과 함께 운동을 하려고 그때 테니스를 시작했다. 매주 금요일 저녁에는 운동 좋아하는 많은 유학생들이 가족과 함께 나와서 친선 게임을 하기도 했다. 삼삼오오 모여서 이야기꽃을 피우고 아이들은 풀밭을 뛰어 놀

던 모습이 눈에 선하다. 지금도 유학생들 모임이 이어지고 있었
다. (2017.1.11)

기다림 끝에 품에 안은 손녀

산 넘고 바다 건너 머나먼 여정 끝에 딸네 가족이 미국에 왔다.
미국은 어린 손녀가 오긴 먼 나라였다. 긴 기다림 끝에 손녀를 품
에 안았다. (2017.1.12)

파란색

플로리다는 파란색이다.
가장 먼저 눈에 들어오는 하늘이 파란색이다.
만날 수 있는 바다도 파란색이다.
공기도 파란색 냄새가 난다.
내 마음도 파란색이 된다. (2017.1.13)

게토레이 박물관

우리가 안식년을 보내고 있는 플로리다대학의 상징은 악어이다. 대표적인 스포츠음료인 게토레이가 이곳에서 개발되었다. 플로리다대학은 풋볼을 잘하는 학교 가운데 하나이다. 미국에서는 풋볼, 야구, 농구가 인기 있는 대학 스포츠이며, 세 가지 종목에서 모두 우승한 대학은 미국 전체에서 세 학교밖에 없는데, 플로리다대학이 그중 한 곳이다. 그래서 프라이드가 대단하다.

이곳 날씨는 아열대성 기후로 여름이 길고 무덥다. 풋볼 선수들이 땀 흘리며 연습하는 광경을 지켜보던 의과대학 교수가 거의 탈진한 선수들(Gators)을 도와줄(aid) 음료를 개발했다. 그것이 바로 게토레이(Gatorade)이다. 이를 기념하여 게인스빌에는 게토레이 박물관이 있다. 게토레이 시음 후 손녀는 게토레이 사랑에 푹 빠졌다. (2017.1.14)

홈리스가 가장 많은 나라

차를 타고 가다가 빨간불에서 정지해서 신호를 기다리고 있으면 홈리스(homeless)들을 쉽게 볼 수 있다. 대부분 파산했다는 사연을 적은 팻말을 들고 적극적으로 구걸하고 있다. 그들의 태도는 당당하며 구걸하는 일을 직업으로 생각한다. 얼핏 봐서 예순 살이 넘어 보이면 도움을 주지만 젊은 사람 앞에서는 인색해진다. 팔다리 멀쩡하니 무슨 일이든 할 수 있을 텐데 구걸하는 모습이 못마땅하게 여겨진다.

홈리스들은 겨울이 되면 따뜻한 플로리다로 이동해서 생활하다 더워지면 시원한 곳을 찾아 떠난다. 사회보장제도도 잘 되어 있고, 이렇게 풍요로운 부자 나라에서 왜 홈리스로 살아가는지 이해가 잘 안 된다. 아이러니하게도 미국은 홈리스가 가장 많은 나라이다. (2017.1.15)

개러지 세일

금요일 오후가 되면 개러지 세일(Garage sale) 팻말을 쉽게 볼 수 있다. 화살표 방향을 찾아가면 개러지 세일하는 집으로 안내된다. 자기 집에 불필요한 물건을 차고에 진열해두고 싸게 파는 것이다. 자녀가 사용하던 장난감을 비롯해서 가구, 오래된 전자제품 등 볼거리가 쏠쏠하다. 입던 옷가지, 신발 등도 나와 있다. 이 제도가 정착되어 있어 모든 사람들이 잘 이용한다. 부자 나라에서도 자연스럽게 자원을 재활용하는 시스템은 본받을 점이라고 느꼈다. 차고에서 하면 개러지 세일, 마당에서 하면 야드 세일, 이사 갈 때 하면 무빙 세일, 대저택에서 하면 에스테이트 세일이란 이름이 붙는다. 이때는 집 전체를 공개하는 경우가 많은데, 이곳 사람들이 사는 모습을 볼 수 있는 좋은 기회가 된다. (2017.1.16)

아름다움의 기준

아름다운 할머니와 할아버지를 매일 만난다. 나이가 들어가면서 아름다움의 기준이 많이 달라졌다. 인상이 편안한 사람을 만나면 참 아름답다고 느껴진다. 이곳에는 성형수술이나 레이저 시술을 받는 사람이 많지 않다. 건강하게 그을린 얼굴에 웃음으로 만들어진 주름진 얼굴이 아름답게 다가온다. 웃음이 묻어나는 자신감과 편안함을 지닌 노인으로 늙고 싶다. (2017.1.17)

사람 냄새 가득한 파머스 마켓

학교 부근에서 열리는 파머스 마켓(farmers' market) 야시장에 갔다. 직접 농사지은 채소와 음식들이 많다. 한국의 재래시장 장날에 온 것처럼 푸근하다. 무대 위엔 아마추어 가수들이 나와서 노래하고 흥을 돋우었다. 또 한쪽에서는 크리슈나 단체에서 열심히 춤을 추고 있다. 작년에 스페인 갔을 때 봤던 같은 종교단체 사람들 같았다. 미국에 오고 제일 많은 사람을 만났다. 사람 냄새가 나서 좋았다. (2017.1.18)

모녀 삼대

손녀를 바라보고 있으면
손녀의 몸짓, 손짓에서 딸의 어린 시절이 보인다.
순간 문득 오래전 어린 딸을 보고 있다는 착각을 한다.
딸의 한순간에서 나의 모습을 보기도 한다.
손녀, 딸, 할머니의 인연이 묘하게 이어지고 있구나! (2017.1.19)

스페인의 향기가 남은 세인트어거스틴

딸네 가족과 함께 첫 여행을 떠났다. 행선지는 미국에서 가장 오래된 도시, 작은 스페인 마을 세인트어거스틴이다. 마찻길 따라 골목길을 돌면 스페인 식민지 시절 지어진 오래된 성당과 집들이 유럽을 옮겨놓은 것 같다. 대서양을 끼고 있는 이국적인 성과 작은 골목길 풍광에 손녀도 호기심을 느끼고 적극적으로 여행을 즐긴다. 파도가 잔잔한 바닷가를 뛰어다니며 소리지르는 손녀의 모습을 바라보는 것이 행복하다. (2017.1.20)

언론대학 한인 모임

오늘은 플로리다대학교 언론대학에 근무하는 한국인 교수님들과 대학원생들이 모이는 날이다. 미국 생활에 필요한 여러 가지 요긴한 정보를 공유하며 서로의 근황을 알리는 시간이었다. 플로리다대학교는 저널리즘 특히 광고홍보학 분야로 미국에서 톱 10에 드는 학교이다. 한때 한국 학생 수가 30명이 넘었는데 요즈음은 학생 수가 많이 줄었다. 미국 전역에 한국 유학생의 숫자가 줄어드는 추세라고 했다. 박사과정이 거의 끝나고 논문만 남은 학생이 다섯 명이었다.

여기 학생들이 즐겨 찾는 음식점을 찾았다. 버섯 샌드위치가
맛있었다. (2017.1.21)

여유로움

내가 미국에서 생활하면서 만나는 사람들에게 가장 부러운 것
이 여유로움이다. 사람과의 관계에 항상 여유로운 유머가 함께한
다. 그 여유로운 유머가 관계를 부드럽게 해준다.

내가 가장 닮고 싶은 부분이다. (2017.1.22)

아기 천사

손녀 다은이의 고사리 같은 손을 잡고
산책하는 것이 즐거움이다.
제법 다리에 힘이 생겨 잘 걷는다.
산책 나온 강아지와 인사하고 다람쥐를 쫓아 다니고,

햇살을 받아 활짝 핀 꽃들에게 말을 걸고
새소리를 들으며 노래하는 다은이는 아기 천사다. (2017.1.23)

다시 시작점에 서서

딸네 가족과 함께 옛날에 살던 코리 빌리지 주변을 둘러보았
다. 딸이 손녀 나이에 살았던 집이다. 우리 세 식구가 모여서 살았
던 첫 번째 집이며, 딸 선혜의 첫 번째 추억의 장소인 것이다. 손
녀를 데리고 코리 빌리지에 다시 오리라곤 꿈에도 생각 못 했다.
우리 가족은 긴 여정을 거쳐 다시 시작점에 돌아왔다. (2017.1.24)

파이팅, 영어 공부

영어 클래스에 참석했다. 초등학교 교사를 하셨던 흑인 여선생
님이 가르치셨다. 학생 수는 열 명이 채 안 되는데 주로 유럽 사
람과 남미 쪽 사람들이다. 남미 사람들 영어는 스페인어 악센트
가 강해서 알아들을 수가 없었다. 더욱 난감한 일은 그쪽 사람들

도 내 영어를 못 알아듣는다는 것이다. 미국 오기 전 야심차게 영어 공부를 하고 왔는데 쉬운 대화도 소통이 어렵다. 영어만 나오면 할 말 못하고 살아야 된다니, 절망스럽다. 동양인은 나와 일본인 한 사람뿐이었다. 용기를 내어 참석했는데 왠지 내가 있을 자리가 아닌 것 같다. 그래도 스스로 파이팅을 외치며 적응해보려고 노력했었다. (2017.1.25)

나비 박물관에서

다은이를 나비 박물관에 데려갔다. 다은이는『배고픈 애벌레』라는 책을 본 후여서 그런지 지난번 이 박물관에 왔을 때보다 애벌레에 유난히 관심을 가졌다. 알에서 애벌레로, 애벌레에서 나비가 되는 과정을 보여주는 전시실에서 꼼짝하지 않을 정도였다. 어린이들이 안전하게 놀 수 있도록 공간이 잘 꾸며져 있고 호기심을 자극하는 장난감들이 많아서 박물관에 오면 다은이 혼자서도 잘 논다. 도서관에서『배고픈 애벌레』를 보고 좋아해서 책을 빌려왔다. 『배고픈 애벌레』와 퍼즐이 다은이의 좋은 놀이감이다. (2017.1.25)

축복의 시간

영어 클래스에서 쓰는 교재를 사러 서점을 찾았다. 학생회관인 라이츠 유니언 센터는 젊은 혈기가 넘치는 학생들로 북적였다. 풋풋하고 아름다운 모습이다. 내게도 저런 시절이 있었나? 젊음의 에너지가 넘치는 아름다운 시절이 주님의 축복인 줄 그때는 몰랐다. 이제 그들의 모습을 보니 그야말로 축복의 시간임을 알겠다. 학생회관 서점에서 교재를 구입하고 공부를 시작하는 내 모습이 어색하지만 싫지 않다. 설렘이 있다. (2017. 1. 27)

사위의 행복을 기도하며

사위가 오늘 한국으로 떠났다. 안식년 기간이지만 논문을 써야 한다는 부담을 안고 와서 함께 여행을 즐기지 못한 것이 안타깝다. 사위는 나에게 든든함이면서도 안타까움이다. 그동안 열심히 살아와서 많은 것을 가졌지만 여전히 앞만 보고 있다. 옆도 보고 여유를 즐기면 좋으련만……. 류 서방, 이제 내려놓을 수 있는 것은 내려놓고 더 행복해졌으면 좋겠어. 무사히 잘 도착해서 다시 직장 생활 잘 적응하도록 기도할게. (2017. 1. 28)

함께 나누는 것의 의미

설을 맞아 그동안 고마웠던 인연들을 초대해 떡국을 함께했다. 미국 생활은 콘도에 여행 온 것처럼 부족한 게 많지만 함께하는 데 의미를 두고 떡국, 녹두전, 갈비찜을 나누며 설을 보냈다. 다들 딸 선혜와 비슷한 나이여서인지 젊은 사람들끼리 잘 통하는 데가 있다. 금방들 서로 친해져서 많은 이야기를 나누었다. (2017.1.29)

우리에게 소중한 것

날씨가 좋아서 카나파하 공원에 가서 다은이와 모래놀이를 했다. 공원 모래놀이장에서 만난 흑인 언니 오빠가 모래로 케이크도 만들어주며 다은이를 잘 데리고 놀아주었다. 집에 돌아와서 보니 딸 핸드폰이 없어졌다. 모래놀이 사진을 찍고 주머니에 넣어두었는데 흘렸나 보다. 다시 공원에 가보았는데 못 찾았다.

선혜 핸드폰을 잃어버리면서 핸드폰의 중요성이 크게 느껴졌다. 핸드폰은 전화기 역할만 하는 것이 아니고 카메라, 컴퓨터, 사진 앨범, 중요한 정보 기록장, 하물며 궁금한 점을 척척 알려주는 해결사 역할까지 해주는 고마운 물건이다. 선혜를 아찔하게 만든 핸드폰 분실 사건은 핸드폰이 선혜의 일부였다는 것을 다시 한 번 깨닫게 해주었다. 선혜뿐만 아니라 나 역시 핸드폰이 없으면 생활의 일부가 마비된다. 내 생활의 주인이 나인지 핸드폰인지 모를 지경이다. 나는 아날로그 삶을 산다고 생각했는데, 나 역시 무심결에 디지털 시대에 깊숙하게 발을 담그고 있었다. 핸드폰한테 너무나 많은 것을 맡기고 있다. (2017.2.2)

이웃과 쉽게 친해지는 방법

아침 산책 때 혼자 산책하는 사람은 나밖에 없다. 모두들 개와 함께 산책을 한다. 산책 목적도 다르다. 나는 기도 겸 산책이지만, 대부분의 사람들은 강아지 운동과 배변을 위해 산책을 한다. 반려견 사랑이 대단하다. 그들에게 반려견은 함께 살아가는 가족이다. 산책할 때 강아지끼리 눈이 맞아 친해지면, 주인끼리도 공동 화제가 있으니깐 금방 친해져서 긴 대화를 나누는 모습을 쉽게 볼 수 있다. 이웃과 쉽게 친해지려면 강아지를 키워야 하나 심각하게 고민이 된다. (2017.2.3)

새로운 도전

플로리다에 온 지 한 달 반이 되어간다. 나이 들어서 맞는 안식년은 편안한 휴식이라기보다 새로운 도전이다. 처음에는 아침 저녁 큰 일교차에 적응이 안 되어서 감기로 고생을 했다. 또 힘든 것이 매끼 식사이다. 여기 음식은 기름져서 먹고 나면 속이 편하지 않다. 그래서 두 끼는 집에서 한식을 해먹는다. 한식으로 먹으려니 재료 구하기가 쉽지 않다. 성당도 한국에서는 집 가까이 있어 걸어서 다녔는데 여기서는 30분가량 차를 타야 한다. 미사가 토요일 저녁 7시에 있어 밤에 미사에 참석하는 것도 부담된다. 여러 가지 새로운 환경에 적응하기가 쉽지 않다. 방문교수로 온 분들 중에 우리가 가장 나이가 많다. 삶을 편리하게 세팅해서 그 안에서만 살아온 한국에서의 모습을 뒤돌아보았다. 익숙한 틀을 벗어나는 삶은 새로운 도전이다. (2017.2.4)

꽃은 눈으로만 보는 거야

봄이 일찍 와서 곳곳에 민들레가 한창이다. 손녀 다은이가 유난히 노란 민들레꽃에 관심을 가지고 좋아한다. 아침에 눈 뜨면

'미에예'(다은이는 민들레를 이렇게 부른다) 보러 가겠다고 밖에 나가자고 조른다. 선혜가 민들레를 꺾어 반지랑 팔찌를 만들어준 후부터 매일 민들레꽃을 꺾는 버릇이 생겼다. 민들레를 꺾으면 민들레가 아파한다고 '눈으로만 보는 거야' 해도 다은이는 어느샌가 가서 꺾어 들고 다닌다. 시든 민들레는 집으로 가져와서 버리지도 못하게 한다. 다은이 장난감 통에 시들시들 마른 민들레꽃이 모이고 있다. (2017.2.5)

우리나라를 어떻게 소개할까

영어 클래스에 돌아가면서 자기 나라를 소개하는 과제가 있다. 지난번에는 에콰도르와 이란을 소개했다. 몰랐던 나라에 대한 설명을 듣고 사진을 보고, 전통 옷과 음식도 경험하는 좋은 기회가 되었다. 그리고 에콰도르에 꼭 한 번 가고 싶다는 생각을 했다. 일본을 소개한 친구는 일본의 의식주, 문화, 음악, 애니메이션 등 준비를 많이 해왔다. 가까운 나라여서 나도 알고 있는 부분이 많았다. 남미 사람들은 무척 흥미를 가졌다.

언어, 나이, 피부색, 모든 것이 다른 사람들과 공통점 찾기가 쉽지 않다. 하지만 조금씩 익숙해지고 있다. 내 차례가 되면 한국을 소개해야 하는데 부담이 된다. 준비를 잘 해서 한국에 대한 인

식을 좋게 가지도록 해야겠다. (2017.2.6)

기계들아, 고맙다

미국에서 내가 가장 좋아하는 것이 음식물 쓰레기를 갈아주는 기계인 디스포절이다. 음식물 쓰레기를 모아둘 필요가 없어서 편하다. 여기 디스포절에 익숙해진 채 한국으로 돌아가면 가장 불편하게 느껴지는 것이 음식물 쓰레기일 것이다. 편하게 살다가 불편해지면 그 불편을 더 크게 느끼는 법이니까.

생활을 편리하게 해주는 기계가 헤아릴 수 없을 만큼 많다. 항상 있으니 고마움을 모르고 살아갈 뿐이다. 냉장고, 세탁기, 청소기, 식기세척기, 우리 집에서 묵묵히 제 할 일들을 하고 있는 모든 기계들아. 고맙다, 토닥토닥. (2017.2.10)

악어가 있는 풍경

아침에 일찍 마늘볶음밥과 유부초밥 도시락을 만들어 라추아

트레일(la chua trail) 주립공원에 갔다. 플로리다에는 악어가 많다. 플로리다대학교의 상징도 악어다. 한국어로는 '악어' 한 단어뿐이지만 영어로는 여러 개가 있다. 그중 하나가 앨리게이터(alligator)인데 늪지에서 주로 서식하는 악어다. 그래서 플로리다대학의 미식축구 경기장도 늪(The Swamp)이라는 애칭으로 불린다. 응원할 때도 'Gator Chomp'이라고 소리치며 악어 입 모양으로 손뼉을 친다. 우리가 흔히 떠올리는 악어는 하천이나 호수에 서식하는 크로커다일(Crocodile)이다. 이곳 주립공원 습지에는 앨리게이터들이 한가롭게 햇볕을 쬐러 물가에 나와 있다. 새들도 함께 어울린다. 참 평화로운 모습이다. 악어에 관심이 많은 다은이와 한나절 동안 공원을 돌았다. 맑은 공기, 따사로운 햇살, 부드러운 바람, 멋진 하늘과 함께하는 시간에 감사한 마음 가득하다. (2017.2.11)

자연이 선생님이다

손녀 다은이는 다람쥐를 좋아한다. 딸 선혜가 도토리를 주워와 집 앞 나무 밑에 뿌려두었더니 다람쥐가 집 앞으로 자주 온다. 우리 다은이의 관심사는 개, 다람쥐, 새, 밤하늘의 별, 잔디 옆에 핀 민들레와 민들레 씨 모양의 분수대, 만나본 동물들이다. 다은이는 아침에 일어나면 무조건 밖으로 나간다. 1층 집이어서 자연을 접하기 좋다. 아침에 다람쥐와 새들이 유난히 많이 보인다. 새들도 아침에 많이 지저귄다. 이번에 미국에 와서 다은이의 변화를 보면서 자연에서 모든 것을 배운다는 깨달음을 얻는다. (2017.2.13)

할머니로 살아가기

새로운 경험은 항상 나를 설레게 한다. 생명의 신비를 느끼게 해준 손녀 다은이와 함께라면 모든 일이 새로운 경험이다. 말을 배우는 다은이의 모습은 신기하다. 어제까지 못하던 말을 오늘 툭 터지듯 내뱉는 것은 감동이다. 조그만 눈으로 할머니가 보지 못하는 자연의 작은 변화를 보고 알아차리고 반가워하는 모습! 다은이의 미소가 나를 행복하게 만든다. 할머니가 되었다는 것은 축복이다. 할머니가 되어야 비로소 완전한 어른이 된다는 말에 이제 공감한다. (2017.2.14)

가지 않은 길

오늘은 딸 선혜가 자유롭게 학교 구경도 하면서 여기 있는 박사과정 학생들이랑 시간을 가질 수 있도록 손녀를 봐주기로 했다. 선혜는 유학생들과의 만남에서 가보지 못한 길에 대한 아쉬움을 느꼈나 보다. 대학 4학년 때 딸은 미국에서 어학연수를 마치고 석사를 하고 싶다고 했다. 그런데 내가 극구 말렸다. 그때 하고 싶은 공부를 하도록 놔둘걸. 누구나 가보지 못한 길에 대한 아쉬움을 가지고 있다. (2017.2.15)

노래하는 새

아침 산책을 하다 유난히 아름다운 음악 소리가 나서 고개를 들면 나뭇가지 위에 분명히 그 새가 있다. 주황색 빛깔의 작은 새인데 예민해서 작은 소리에도 달아나 버린다. 며칠을 벼르다가 마침내 사진을 찍고 동영상까지 찍는 데 성공했다. 오늘은 기도에 분심이 들어 묵주기도 바치는 데 한 시간 이상 걸렸다. (2017.2.17)

환상의 마법 왕국

아침 식사를 하고 매직 킹덤(Magic Kingdom)으로 향했다. 디즈니월드 네 개의 테마공원 가운데 오늘은 매직 킹덤, 그리고 내일은 애니멀 킹덤(Animal Kingdom)을 보기로 했다. 오래전 딸 선혜랑 아들 용재가 어릴 때 데려온 적이 있었는데, 상상을 초월한 스케일에 놀라고 아이디어에 감탄했었다.

다시 와본 매직 킹덤은 많이 달라졌다. 그동안 월트디즈니사에서 만든 애니메이션 영화 〈라이온 킹〉〈미녀와 야수〉〈겨울왕국〉〈니모를 찾아서〉 등이 어린이들의 사랑을 받으면서 캐릭터가 더 다양해졌다. 평일인데도 많은 사람들로 붐볐다. 꿈꾸듯 상기되어 있는 애니메이션 속 공주님들을 만났다. 미국 어린이들의 로망이 오늘 하루 좋아하는 캐릭터로 분장하여 주인공이 되어보는 것이다. 드레스를 입고 화장시켜주는 곳에 많은 어린이들이 줄을 서서 순서를 기다리고 있다. 이름 그대로 마법의 왕국이 된다. 우리 가족도 미니와 미키 마우스 티셔츠를 맞추어 입었다.

손녀는 캐릭터 쇼와 퍼레이드만 봐도 충분히 하루를 즐기는 것 같았다. 평소 미니와 미키 마우스에 푹 빠져 있는 다은이는 실제 미니와 미키를 보면서 흥분했고, 음악에 맞추어 몸을 흔들었다. 밤 8시, 피날레를 장식하는 환상의 불꽃놀이까지 보고 돌아왔다.

(2017. 2. 21)

워버그 호수 야외 미사

한인 성당 야외 미사가 있는 날이다. 일찍부터 서둘러서 워버그 호수(Lake Wauburg) 공원으로 갔다. 호수가 넓어서 바다 같다. 바비큐로 점심을 먹고 2시부터 미사이다. 한인 가족들이 삼삼오오 모였다. 아이들은 아이들끼리 비눗방울 놀이나 공놀이를 하고, 어른들은 배구를 하고, 아줌마들은 수다를 떨었다. 신부님 강론 말씀이 좋고, 어린이에게 강복을 주실 때 꼭 꿇어앉아 아이의 눈높이에 맞추어서 강복해주시는 모습에 감동받았다. 플로리다에서 하느님을 더 가까이에서 만날 수 있는 것 같다. (2017. 2. 25)

동물농장

동물을 좋아하는 다은이를 위해서 퍼거슨 교수님 댁 농장에 가기로 했다. 교수님 댁은 우리 집에서 30분 정도 거리이다. I-75를 타고 어바인에서 내려가니 길가가 전부 농장이다. 나무 울타리가 쳐져 있는 농장에 말과 소가 한가롭게 풀을 뜯고 있다. 교수님 댁에서도 소, 말, 양, 닭을 키우고 있었다. 양은 부끄럼이 많아서 사람이 다가가면 피했다. 소는 교수님이 부르니까 떼를 지어 우리 가까이로 왔다. 송아지도 많았다. 블랙앵거스종이라고 설명해주셨다. 다은이는 겁도 없이 소에 가까이 다가가고 닭장에 들어가서 닭을 쫓아다녔다. 무서워하지도 않고 말한테 당근을 주고, 퀴니라는 큰 개하고 장난도 쳤다. 교수님은 몇 년 전 남편이 돌아가시고 퀴니와 함께 외롭게 살고 계셨다(동물 관리를 해주시는 분은 따로 계시지만). 자연과 더불어 살 수 있는 넓은 땅이 부러웠다. (2017.2.26)

나의 로망

플로리다는 미국 사람들이 퇴직한 이후 가장 살고 싶어 하는 곳이다. 겨울에도 기온이 영하로 내려가지 않는다. 햇살이 좋아서 '선샤인 스테이트(sunshine state)'라고 불린다.

대학도시인 게인스빌을 벗어나면 멋쟁이 할머니, 할아버지가 많이 보인다. 백발에 원색 옷을 입고 입술에는 빨간 루주를 바르고 빨간 스포츠카를 타고 다니는 할머니도 쉽게 만날 수 있다. 나의 로망이다. (2017.2.27)

대한민국을 소개합니다

오늘 영어 클래스에서 우리나라를 소개하는 시간을 가졌다. 준비하면서 우리나라에 대해 더 깊은 관심을 가지게 되었다. 우리나라의 위치가 중국과 일본 사이에 있어서 동아시아 문화 교류의 접점 역할을 했고, GDP가 세계에서 11위라는 것을 알았다. 영어 클래스 학생들은 우리나라의 옷, 음식, 주거문화에 흥미를 보였다. 온돌문화와 배달문화에 대해 설명하면서 한국에서는 맥도널드 햄버거도 배달된다는 이야기를 하니 사람들이 놀라워했다. 선도 기업으로 삼성 스마트폰, LG TV와 세탁기, 현대기아자동차 등을 이야기할 때는 많은 관심을 보였다. 또한 와이파이 보급률 세계 1위라는 통계를 보여주며 IT 강국이라는 점을 강조했다. K-Pop에 대해서도 설명했다. 예상했던 것보다는 사람들이 소녀시대, 빅뱅, 트와이스, 2NE1 등을 몰랐다. 일본에서 온 친구가 빅뱅을 잘 안다고, 유명하다고 거들어주었다. 싸이는 모두 잘 알고 있었다. 싸이의 강남스타일이 나오니 말춤을 추며 모두들 좋아했다. 우리나라 소개를 마치니 홀가분했다. (2017.2.28)

봄이 전하는 소식

▲ 시다 키 해변의 갈매기

◀ 시다 키의 아름다운 석양

▼ 퍼거슨 교수님 댁 파티

▶ 코코아 비치의 해돋이
▼ 헤밍웨이가 『노인과 바다』를
　집필한 키웨스트 항구

▲ 코코케이 섬에서의 하루
◀ 크루즈에서의 만찬

▲ 앤티크 샵에서 만난 청순한 성모님

▼ 베이비 샤워

▼ 달리 뮤지엄

시어머니가 주신 기도책

34년 전 처음 미국 오기 하루 전날 시어머니께서 좋은 기도책이라면서 묵주기도책을 내 손에 쥐여주셨다. 모든 것이 낯선 이국 땅으로 보내면서 무언가 의지할 것을 주고 싶으셨던 것 같다. 플로리다대학 안에 있는 뉴먼센터 성당에서의 영어 미사는 전례도 익숙지 않고 강론도 들리지 않아서 답답하기만 했다. 그즈음 묵주기도책이 눈에 띄었다. 하느님께 가까이 갈 수 있겠다는 생각으로 책에 기록된 대로 묵주기도를 하기 시작했다. 힘들 때 더욱 열심히 기도드리고, 시간이 지나면서 매일 기도로 하루를 마무리하는 것이 습관이 되어갔다. 시어머니가 주신 묵주기도책, 내가 하느님을 알아가는 첫 번째 통로였다. (2017.3.1)

은총의 시간

9일기도 중 청원기도는 오늘이 마지막이다. 내일부터는 감사
기도 시작이다. 9일기도를 이번처럼 부담 없이 하기도 처음이다.
아침 산책로가 좋아서 산책하면서 편안한 기분으로 기도 시간을
가져서 감사하다. 9일기도란 청원기도 27일과 감사기도 27일을
합쳐 하루도 안 빠지고 54일 동안 묵주기도를 바치는 것이다. 나
에게 허락된 은총의 시간이었다. (2017.3.2)

석양이 아름다운 것처럼

오늘부터 감사기도 시작이다. 사위가 그동안 직장일이 바빠서
미루어왔던 박사학위를 받고, 아들 용재가 석사학위 받은 것에 감
사하다. 딸 선혜와 손녀 다은이가 즐겁게 미국 생활을 잘 하고 있
어 감사하고, 용재가 새 직장에 열심히 다니고 있어 감사하다.

점심을 일찍 먹고 게인스빌에서 한 시간 거리에 있는 멕시코만
의 시다 키(Cedar Key)로 석양을 보러 갔다. 예전에 유학 시절 찍은
사진 가운데 선혜와 시다 키에서 낚시하던 사진이 남아 있다. 그
래서 선혜도 시다 키에 관심이 많다. 지금 다은이 나이 정도에 몇

번 온 곳이다. 오래전 기억 속에 남은 풍경보다 집도 많이 생기고 달라졌지만 감회가 새롭다. 시다 키의 석양은 아름다웠다. 조용한 시간이 주어지면 시다 키의 추억을 떠올리며 그림 그리는 나의 모습을 기대하면서 아름다운 사진들을 남겼다. 시다 키는 해가 뜰 때도 아름답지만 해가 질 때도 멋지고 장엄하다. 석양이 아름다운 것처럼 우리도 인생의 노후를 멋지게 보낼 수 있으리라. (2017.3.3)

베이비 샤워

한인 성당에서 재정분과장으로 봉사하고 있는 효진 씨의 베이비 샤워가 있는 날이다. 4월에 두 공주님이 태어날 예정이다. 재원 엘리사 집에서 베이비 샤워를 열어주었다.

베이비 샤워는 아기한테 필요한 물건을 하나씩 준비해서 임산부를 위해 파티를 열어주는 미국 풍습이다. 오래전 유학 시절 아들 용재가 태어났을 때 베이비 샤워 덕분에 많은 도움을 받았다.

아기한테 꼭 필요한 물건으로 딸 선혜가 추천해준 엔젤 베이비 샴푸, 비누, 로션 세트를 선물로 준비했다. 이미 여기 사는 교포들과 유학생 부인들이 와 있었다. 핑크색 풍선을 장식하고 기저귀를 쌓아 케이크 모양으로 만드는 등 세심하게 준비를 해두었다. 선물 하나하나 개봉하는 시간에 조그마한 아기 용품들을 보면서 괜히

내가 다 설레었다.

한국에서는 지인들을 집으로 초대하는 경우가 많지 않은데, 여기는 집으로 초대를 자주 한다. 우리가 유학하던 시절에 서로 도와가며 살던 모습을 보는 듯했다. 옛날에는 한국에서도 어느 집에서 잔치를 하면 온 마을 큰 잔치가 되곤 했는데. (2017.3.4)

야생 소녀 다은이

다음 주 금요일이면 딸과 손녀가 한국으로 돌아간다. 선혜는 벌써 짐을 챙기고 있다. 그동안 함께 여행 다니면서 여행 사진은 많이 남겼는데, 다은이가 주로 놀던 집 주변 사진이 별로 없다. 내일 날씨가 좋으면 다은이 데리고 사진을 찍어야겠다. 다은이도 미국을 추억할 수 있고, 우리도 다은이 보고 싶을 때 볼 수 있도록.

미국에서 함께 지낸 두 달간 다은이가 부쩍 자랐다. 햇볕에 얼굴이 타서 가뭇가뭇한 게 야생 소녀 같다. 건강하고 활달해졌다. (2017.3.5)

즐거운 바비큐 파티

공원에서 바비큐 파티를 했다. 고기 굽는 냄새가 좋다. 바비큐 파티를 하면 유학 시절이 떠오른다. 학기 초에는 신입생 환영회 겸 학위를 마치고 돌아가는 사람들을 위한 송별회가 학생회 전체 모임으로 열렸다. 공원에 모이면 항상 바비큐 파티였다. 숯불을 피우고 쇠고기를 구워 실컷 먹는 것이 어찌나 즐거웠던지. 그런 파티는 전공이 다른 한인 학생들도 만날 수 있는 좋은 기회가 된다. 우리가 있을 당시 한인 유학생과 가족이 50~60명 정도 되었다. 집집마다 반찬을 한 가지씩 준비해 와서 여는 바비큐 파티 자리에서는 정보도 교환하고 힘든 일이 있으면 서로 도움을 주고받곤 했었다. 미국은 쇠고기 값이 한국에 비해 많이 싸다. 예전 바비큐 파티 때는 쇠고기를 많이 먹었는데, 요즈음 한인 모임에서는 삼겹살 구워 먹는 것으로 풍습이 달라졌다. 한국인의 삼겹살 사랑은 미국에서도 여전한 것 같다. (2017.3.7)

세계에서 가장 큰 수족관

숙소에서 15분 정도 가면 애틀랜타 중심가이다. 애틀랜타 올림

픽파크 옆에 아쿠아리움과 코카콜라 본사 및 박물관이 있다. 조지아 아쿠아리움은 세계에서 가장 큰 수족관이라고 한다. 다은이가 물고기에 관심이 많아 하루 시간을 내어 수족관을 보러 왔다. 처음엔 초대형 유리관 속에 있는 큰 물고기를 무서워하더니 차츰 즐기기 시작한다. 특히 물개(바다사자)에 관심을 많이 보였다. 바다 속 풍경과도 같은 터널에서는 신기한 듯 시선을 떼지 못한다. 선혜의 대학 동기가 애틀랜타에서 박사과정 중이어서 마침 연락이 되어 만나러 가고 요한 씨랑 다은이와 나는 피곤해서 먼저 잠자리에 들었다. 처음 미국 왔을 때는 '엄마'와 '뽀로로'를 입에 달고 있더니, 이제 엄마 없이도 잘 자는 다은이가 대견하다. (2017.3.8)

대통령 파면 소식을 듣고

내일 공항에 가기 위해 일찍 호텔에 돌아왔다. 사위가 한국 소식을 전해주었다. 박근혜 대통령이 탄핵되어 파면이 결정되었다는 충격적인 소식이어서 잠이 오지 않았다. 인터넷으로 한국 뉴스를 시청했다. 파면된 대통령이라 TV에서는 박 전 대통령이라고 부르고 있었다. 이래저래 우울한 저녁이다. (2017.3.9)

손녀와의 이별

오늘 딸 선혜, 손녀 다은이와 아쉬운 이별을 했다. 집에 구석구석 다은이의 흔적이 남아 있다. 집이 너무 조용하다. 다은이의 빈 자리가 너무나 크다. 시아버님께서 우리 선혜 8개월 때 미국에 보내고 나서 손녀가 보고 싶어서 힘들었다는 말씀이 바로 이런 뜻이었구나. 직접 경험해보니 이제야 가슴 깊이 느껴졌다. 두 달간 함께해 정이 많이 들었다. 안전하게 무사히 한국으로 돌아가서 다은 아빠 만나기를 기도했다. (2017.3.10)

할아버지의 손녀 앓이

오늘부터 서머타임이 적용되어 시간이 1시간 늦추어진다. 다은이는 한국으로 돌아가서 벌써 한국에 적응했나 보다. 집에 도착해서 너무 좋아서 탭댄스를 추고, 그동안 놓아두었던 장난감을 골고루 갖고 노느라고 바쁘단다. 우리에게는 건성으로 인사를 했다. 선혜는 그간의 긴장이 풀려 몸살이 왔나 보다. 영상통화 중 요한 씨가 유독 말이 없었다. 통화를 끝내고 나서야 손녀를 보고 반가워 눈물이 나서 아무 말도 못 했다고 이야기한다. 나이가 들어서

센티멘털해진 건지 요한 씨의 또 다른 모습을 보았다. (2017.3.12)

지혜는 긍정이다

어젯밤에 기침이 나서 잠을 못 잤다. 오늘은 집에서 쉬었다. 덕분에 성경 잠언을 다 들었다. 솔로몬 왕의 지혜에 대한 기록이다. 지혜롭게 산다는 게 참 어려운 일이다. '지혜는 긍정'이란 말에 번쩍 눈이 떠졌다. 그동안 어떻게 사는 게 지혜롭게 사는 것인지, 지혜를 청하는 기도를 많이 해왔는데, 주님께서 나에게 답을 주신 것 같았다. 주님, 오늘 하루도 긍정적인 생각과 말을 할 수 있도록 청합니다. 아멘. (2017.3.13)

길, 지나온 것만으로도 의미가 있다

돌아보면 나는 평탄한 길도, 꼬불꼬불 울퉁불퉁 험한 길도, 앞이 보이지 않는 깜깜한 길도 지났다. 선택의 기로인 갈림길에서 아름다운 꽃길이나 편한 길의 유혹에 빠져 그 길을 선택했지만 곧 바로 그 길이 꽃길도, 편한 길도 아님을 알아차리고 후회하기도 했다. 이 나이 되어서 깨달은 사실은 꽃길만으로 된 길은 없다는 것이다. 어느 길이든 지나온 것만으로도 의미가 있다. 힘든 길일수록 지나고 나면 스스로에게 박수를 보내고 성취감이 크니까. 그래서 가보지 못한 길에 대한 후회는 없다. 내가 선택하고 운명적으로 만난 길을 열정적으로 가야겠다는 생각이 앞선다. 지나고 나서 뒤돌아서 보면 아름다운 길이란 믿음을 가지고. (2017.3.14)

다은이의 미국 앓이

다은이가 한국에 막 돌아갔을 때는 아빠도 다시 보고 서울 이모도 오랜만에 만나서 좋아하고, 또 그동안 가지고 놀지 못했던 장난감도 반가워하더니, 시간이 지나면서 우리 부부가 다은이 앓이를 하듯이 다은이도 시차 적응과 미국 생활에 대한 그리움 때문에 힘이 드나 보다. 한국 시간 새벽 2시에 전화가 와서 한참 영상통화를 했다. 다은이가 뛰어다녔던 잔디밭, 나무 열매, 민들레꽃 등을 보여주었더니 기분이 많이 좋아진 것 같다. 한국은 아직 춥고 꽃도 안 피었는데 다은이는 미국에서 함께 놀던 다람쥐, 민들레, 꽃, 열매, 나비를 계속 찾나 보다. 정들었던 모든 것과의 갑작스런 이별이 다은이에게도 힘든 일이었겠지. (2017.3.15)

봄아, 빨리 와라

다은이가 꽃 보러 가자고 졸라서 탄천에 민들레가 혹시 피었나 가보았는데 아직은 꽃이 없더란다. 빨리 봄이 와야 할 텐데. 매년 부활절이 되어야 개나리가 조금씩 피기 시작했던 기억이 난다. 봄아, 빨리 와라. 다은이가 꽃을 기다린다!

오후에 요한 씨랑 침대 매트리스를 선혜네가 쓰던 방으로 옮겼다. 그 방이 좀 더 따뜻한 것 같다. 별다른 짐이 없으니 매트리스 두 개 옮기는 것이 너무 쉽다. 미니멀리즘으로 산다는 것이 편한 점도 많다. 플로리다에 와서 이렇게 추위 때문에 고생할 줄 몰랐다. 온돌에 익숙해져 있던 터라 바닥이 차니 어디 정 붙일 곳이 없다. 오늘 밤은 잘 자야 할 텐데. (2017.3.16)

가끔은 저녁 산책도 좋다

어젯밤은 푹 잘 잤다. 감기도 나은 것 같다. 딸네를 한국으로 보내고 그동안 미뤄두었던 대청소를 했다. 아이들이 가고 나니 살림이 단출해졌다. 옷방도 정리했다. 늘어난 그릇도 정리해서 넣었다. 우리가 안식년 여행을 시작한 지 벌써 3개월이 되어간다. 한

계절이 지났다. 남은 기간 열심히, 즐겁게 보내야겠다.

해 질 녘에 산책하며 묵주기도를 바쳤다. 항상 아침에 산책했는데 최근 며칠간 감기를 앓는 통에 아침 바람이 차가워 산책을 못 했다. 오후 산책도 평화롭고 좋았다. 오래전 중학교 교사 시절, 학생들이 모두 하교하고 텅 빈 운동장을 한 바퀴 도는 평화로움을 좋아했다. 또한 시골 할머니 댁에 갔을 때 해 질 녘 집집마다 모락모락 저녁 연기 나는 모습도 평화로웠다. 오늘 산책을 하면서도 그와 비슷한 감정을 느꼈다. 해가 늦게 지면 가끔 저녁 산책도 좋은 것 같다. 오늘 하루 소중한 시간에 감사하며……. (2017.3.17)

조금씩 줄어드는 그리움

다은이가 한국으로 돌아간 지 일주일이 지났다. 연인과 이별해도 시간이 지나면 그리움이 차츰 옅어지듯이 다은이에 대한 그리움이 조금씩 줄어든다. 순간순간 생각나던 것이 일에 몰두하면서 조금은 나아졌다. 오늘은 우리가 다니는 세인트패트릭 성당 본당의 날 행사로 세인트어거스틴 교구의 주교님이 오셔서 미사를 집전해주셨다. 미사 후 한인 성가대의 특송이 있었다. 아름다운 합창이었다. 미사 예식 때 사용하는 향 냄새와 연기 때문에 기침이 계속 나서 힘들었다. 영성체 후 일찍 성당을 나왔다. 아직 컨디션이 완전히 회복되지 않은 것 같다.

베트남 쌀국수집에 들러서 따끈한 국물의 쌀국수에 칠리 오일을 넣어서 얼큰하게 먹고 나니 몸이 한결 좋다. (2017.3.18)

별, 그냥 내 가슴에 담았다

서울에서는 별을 보기 쉽지 않은데, 이곳 게인스빌에서는 별이 총총한 하늘을 볼 수 있다. 어둠이 짙어지면 별이 잘 보인다. 우리 동네의 밤은 그냥 깜깜해서, 은은한 달빛이 더 잘 느껴진다. 어린 시절 배운 별자리가 선명하게 보인다. 북두칠성, 북극성, 동물 이름 별자리들. 별들을 핸드폰으로 찍어 본다. 내 눈에는 이렇게 선명하게 보이는데, 핸드폰에는 아무리 담으려 해도 담기지 않는다. 그냥 내 가슴에 담았다. 수많은 별들을……. (2017.3.19)

세일의 즐거움

마트에서 가끔 Buy one get one free 세일할 때 좋은 식재료를 싼 가격으로 살 수 있다. 시장 보는 즐거움의 하나다. BOGO 세일이 있으면 성당 성모회에서 정보를 공유하기도 한다. 우리 부부가 가장 좋아하는 것은 벤 앤 제리 아이스크림 체리가르시아 맛이다. 평소는 다이어트하느라 아이스크림을 안 먹지만 BOGO 세일 때는 몇 차례 아이스크림을 사러 다닌다. 이때는 다이어트 해제다.

오래전 미국 버몬트 여행 중 밴 앤 제리 공장을 방문할 기회가 있었다. 그때 내 입맛에 딱 맞는 체리가르시아 맛을 만났다. 그때 먹어 본 아이스크림 맛을 잊을 수가 없다. 평소에는 비싸서 쉽게 장바구니에 담지 못한다. BOGO 세일 때 마음껏 먹는 즐거움을 누린다. 냉동 새우도 BOGO 세일 때 실컷 먹을 수 있는 품목 중에 하나다. (2017.3.20)

스테이크 한 입의 행복

점심 식사하러 텍사스 로드하우스에 갔다. 이 집은 스테이크 전문점으로 고기 맛이 좋다. 특히 스테이크 첫 조각을 입에 넣었을 때의 불맛과 함께 느껴지는 촉촉하고 부드러운 고기 맛을 잊을 수가 없어 자꾸 오게 된다. 립아이 스테이크에 베이크 포테이토, 하우스 샐러드에 와인 한 잔 곁들이니 아주 행복한 식사 시간이었다. (2017.3.21)

칩만 바꾸면 입에서 영어가 술술

내 핸드폰 유심칩을 선불제로 바꾸었다. 간단하게 칩만 바꾸고 미국 전화번호를 받았다. 내가 한국을 떠난 지 3개월이 되어 한국에서의 기억은 희미해지는데, 미국 적응은 아직도 쉽지 않다. 한국 칩을 빼고 이곳 로컬 폰 칩으로 바꾸니 기계가 바로 현지 폰으로 바뀌었다. 나도 칩만 바꾸면 입에서 영어가 술술 나오면 좋으련만…… 나이가 들수록 적응이 더 늦어진다. (2017.3.22)

신나는 줌바 댄스

헬스장에서 하는 줌바 클래스에 갔다. 남녀노소 가리지 않고 70~80명 모였다. 빠른 음악에 맞추어 리더가 무대에서 춤을 추면 모두 신나게 따라 춘다. 자신 있는 사람은 무대에 올라가서 추기도 했다. 나랑 요한 씨도 스텝을 아직 못 따라가지만 대충 흉내를 내보았다. 분위기 때문에 덩달아 신이 나고, 젊어지는 것 같다. 일주일에 두 번 정도는 참석해볼 생각이다. 운동도 충분히 되었다. (2017.3.23)

순례길을 걷듯 성경을 듣자

오디오 성경을 들으면 프란체스카 수녀님이 떠오른다. 미국 오기 전에 만난 프란체스카 수녀님은 건강한 모습에 성령이 충만해 있었다. 한 달간 산티아고 순례길을 완주하고 오신 지 얼마 되지 않았다. 오래전 수녀님과 함께 성모님 발현지 순례를 돌면서 산티아고 순례길 일부를 차로 둘러본 적이 있었다. 그때 꼭 걸어서 순례길을 완주하리라 결심하셨다고 했다. 그 꿈을 이루고 오신 것이다. 미국에서 들을 수 있도록 오디오 성경을 선물로 주셨다. 이번 기회에 성경을 끝까지 들어보려고 노력 중이다. (2017.3.24)

미래의 음식 김치

모처럼 파머스 마켓에 갔다. 시장터는 어느 나라든지 사람 냄새가 난다. 이 분위기가 좋아서 간혹 온다. 짜지 않은 올리브, 계란, 파인애플과 크랜베리 머핀을 샀다. 여기서 특이한 경험도 했다. 마켓에서는 건강을 위한 음식을 판매하고 있었다. 웨인 갈런드 박사(Dr. Wayne Garland)라는 호주 사람이 암에 걸렸는데 음식으로 치료해서 완치되었다고 소개했다. 이분은 한국, 인도, 중국, 등을 여행하면서 건강 음식을 연구했다며, 그린티 수프, 김치 수프 등을 만들어서 소개했다. 특히 미래의 음식으로 김치를 꼽았다. 그리고 이런 건강 음식을 만드는 회사를 설립해서 플로리다 몇 군데에서 소개하고 있다는 것이다. 우리나라의 김칫국을 이곳에서 건강 음식으로 만나니 김치에 대한 자부심이 생겼다. (2017.3.25)

이제는 이해해요, 어머님

오늘은 시어머니께서 하늘나라 가신 지 6주기가 되는 날이다. 한국에 있으면 제사 준비로 많이 분주한 날일 텐데······. 친정 엄마와 너무나 다른 시어머님께 적응하기 참 어려웠다. 어머님은 부지런하고 열정적인 삶을 사셨다. 자식들에 대한 기대가 너무 커서 살아 계실 때는 힘든 부분도 많았다. 돌아가시고 나서야 어머님이 이해가 간다. 어머님은 지금 내 나이보다 젊은 나이에 시어머니가 되었다. 용재가 올해 서른셋이 되었다. 곧 아들이 결혼하면 나도 시어머니로서의 삶을 살아야 한다. 쉽지 않은 시어머니의 자리에 있어보면 더 공감하면서 떠올릴 수 있을지······. 저녁때 남편과 어머님을 위해 연도와 기도를 드렸다. (2017.3.26)

허리를 삐끗하다

아침에 이불을 정리하다가 허리를 삐끗했다. 바로 쉬어야 하는데 괜찮겠지 하고 외출하고 돌아오니 통증이 심해졌다. 걷기도 힘들고, 왼쪽 다리까지 아프다. 한국에서라면 바로 한의원에 가서침을 맞을 텐데, 여기는 한의원이 있는 올랜도나 잭슨빌까지 두시간을 가야 하니 쉽지 않다. 우리 아파트에 사는 정형외과 이 교수께 전화해서 진통소염제 애드빌과 제산제 성분이 들어 있는 약을 처방을 받았다. 약을 먹어도 통증이 여전했다. 한국에서 가져온 뜨거운 찜질 주머니를 허리 부분에 대고 핫팩도 해보았다. 내일은 좀 좋아져야 할 텐데. (2017.3.27)

봄꽃 소식

까똑 까똑! 한국에서 전해오는 기쁜 소식.
기분이 좋다. 오늘도 힘을 얻는다.
긴 겨울을 벗어나서 친구네 마당에 찾아온 봄꽃 소식.
찬바람 이겨내고 핀 꽃의 생명력이 느껴지네.
기쁜 소식 함께할 친구가 있어 좋다. (2017.3.29)

9일기도 마지막 날

오늘은 허리 통증이 조금 덜하다. 아침에 천천히 산책하며 감사기도를 드렸다. 오늘이 9일기도 54일의 마지막 날이다. 그림 같은 산책로를 주서서 너무나 행복하게 묵주기도를 바쳤다. 9일기도 마치는 날은 나 스스로가 기특하다. 요안나야, 수고했다. (2017.3.30)

4월의 시작

오늘은 4월이 시작하는 날이며 사순시기이다. 사순시기를 지나면서 인간의 죄를 대신해서 십자가에 못박혀 돌아가신 예수님의 사랑을 묵상했다. 하늘나라는 겨자씨에서부터 시작하지만 심자마자 열매를 맺지는 않는다. 우리의 믿음도, 용서도, 사랑도 작은 데에서부터 서서히 자란다. 때가 되면 그 모든 것이 주님의 뜻대로 알찬 열매를 맺을 것이다. (2017.4.1)

재발! 허리 통증

허리가 조금 좋아져서 평소대로 몸을 움직였더니 다시 아프고 왼쪽 다리까지 통증이 왔다. 침대에서 일어날 때 너무 힘이 들었다. 오늘은 거실에 매트를 깔고 딱딱한 바닥에서 잤다. 화장실 가는 것을 제외하고는 누워서 생활했다. 화장실도 기어서 가야 할 만큼 통증이 심했다. 요한 씨는 잭슨빌에 있는 한의원에 가자고 한다. 차로 두 시간 걸리는 거기까지 갈 자신이 없다.

이 교수님이 약을 몇 가지 더 알려주시며 미국에서는 병원에 가도 약 처방 정도밖에 해줄 수 있는 것이 없다고 말씀하셨다. 당분간 산책도 쉬기로 했다. (2017.4.2)

미리 겪어보는 불편함

오늘도 소염진통제를 한 번에 두 알씩 하루 세 번 복용하며 통증을 견디고 있다. 힘든 시간을 보내면서 나이 들어 몸이 불편할 때의 생활을 미리 경험했다. 요한 씨는 내가 불러주는 레시피에 맞춰 북엇국을 끓였다. 처음 끓였지만 요한 씨도 음식 만들 필요성을 느꼈나 보다. 반찬은 중국음식점 야미하우스에서 주문해 와서 먹고 있다. 심심해서 TV를 틀어도 영어가 잘 안 들려서 공부하는 느낌이다. 몸이 나아지면 운동을 열심히 해야겠다. (2017.4.3)

우울한 사순시기

다은이도 열감기로 열이 안 떨어진다니 걱정이다. 사순시기를 이래저래 우울하게 보내고 있다. 다은이가 몸이 안 좋으니깐 밥을 안 먹고 계속 게토레이만 마시려고 한단다. 목이 부어서 음식 넘기기가 힘드나 보다. 다은이가 아프면 딸 선혜가 힘들다. 잠도 제대로 못 자고 뭐라도 먹이려고 이것저것 만들어서 먹이고 있다. 모성애는 하느님이 따로 주신 은총이라는 것을 느낀다. 자식에게 무엇이라도 주려고 애쓰는 모습을 보면 하느님께서 우리 인간을 끝없이 사랑하시는 모습일 거라는 생각이 들었다. (2017.4.4)

오늘의 묵상 우리는 가장 더러운 부분까지 포함한 자신의 전부를 그분께 내어드리지 못한다면 그분과 함께 아무런 몫도 나누어 받지 못할 것입니다.

멀찍이 떨어져서 돌아보라

나의 생활 공간을 벗어나 멀리 떨어져서 나를 돌아보는 것이 피정이다. 우리의 안식년도 피정 기간으로 볼 수 있다. 가족들과 이웃들과 공동체 안에서 부딪치며 힘든 부분들도 벗어나서 보면 모든 것이 이해 부족과 욕심, 집착에서 오는 문제점이라는 것을 알아차릴 수 있다. 깨달음이 올 때 내려놓기가 쉬워진다.
(2017.4.5)

좁고 험한 길이라도 함께 가도록

오늘은 우리 성당에서 사순 피정이 있는 날이다. 본당 신부님이신 김영수 스테파노 신부님께서 피정 지도를 해주셨다. 기도에 대해서 묵상하는 시간을 가졌다. 기도에는 두 가지가 있다. 첫째는 나의 이야기를 하느님께 들려드리는 것이고, 둘째는 침묵과 고요함 가운데 하느님의 말씀을 듣는 기도이다. 하느님의 마음을 바꾸기 위한 기도가 아니라, 내 마음을 바꾸기 위한 기도를 바쳐야 한다. 피정 가운데 소개한 최민순 신부님의 기도가 마음에 와닿는다. 주여, 오늘 나의 기도에서 험한 산이 옮겨지기를 기도하지 않습니다. 다만 저에게 고갯길을 올라가도록 힘을 주소서. 내가 가는 길에 부딪히는 돌이 저절로 굴러가기를 원하지는 않습니다. 그 넘어지게 하는 돌을 오히려 발판으로 만들어가게 하소서. 넓은 길, 편편한 길, 그런 길은 바라지도 않습니다. 다만 좁고 험한 길이라도 주와 함께 가도록 더욱 깊은 믿음을 주소서! (2017.4.8)

햇빛 산책

새벽에 하는 산책은 몸이 잠에서 덜 깬 상태라 허리에 부담이 간다. 아침 식사 후 체조하고 산책을 했다. 햇빛을 등지고 하는 산책을 즐긴다. 허리가 아파서 집에만 누워 있으니 햇빛이 그립다. 햇빛을 많이 받은 날은 잠이 잘 온다. 아직 허리가 완전하지 않아서 주로 집에서 지내고, 아침과 저녁으로 산책 시간을 늘렸다. 산책로 두 바퀴를 돌면 1,500보를 걷는 셈이다. 해 질 녘에 산책을 하면 3,000보를 걷게 된다. 허리가 좋아지면 되도록 걷는 시간을 많이 가져야겠다. 이 정도 움직일 수 있음을 감사한다.

요한 씨랑 저녁때 집 앞에 있는 퍼블릭스에 가서 시장을 보고 올리브를 샀다. 와인 한 잔에 올리브 안주를 곁들이니 기분이 좋다. (2017.4.11)

상처에 대한 묵상

사순시기를 지나면서 상처에 대한 묵상을 한다. 마음에 상처가 없는 사람은 없다. 크고 작은 상처를 가지고 있다. 상처를 주는 사람이 가장 큰 문제지만 상처를 받는 자신에게도 문제가 있다. 상대방이 상처를 주려고 한 것이 아닌데, 오해와 잘못된 판단으로 상처를 받을 수 있다. 받아들이는 자세도 중요하다. 상대방 입장이 한번 되어보는 것도 상처를 줄일 수 있는 방법이다. 하지만 나보다 강한 자가 주는 갑질의 상처는 피하기 힘든 경우가 많다. 나를 둔감하게 단련해가는 방법 외에는 어떤 방법도 없다. 지나간 상처들이 지워지지 않고 한 번씩 고개를 치밀고 올라올 때가 있다. 교회에서는 상처를 준 상대방을 위해 기도해주라는 가르침이 있는데 쉽지 않은 일이다. 상처 준 사람이 가족이면 안 보고 살 수가 없으니깐 기도가 많이 필요하다. 내가 알게 모르게 준 상처에 대해서도 기도와 묵상이 필요하다. (2017.4.13)

상처의 대물림을 끊고 용서할 수 있기를

가슴에 상처가 많은 사람은 내뱉는 말이 대부분 뾰족한 가시와

창과 칼이다. 가슴에 커다란 상처 덩어리가 있어서 입만 열면 남에게 상처 주는 말이 나온다. 힘든 시집살이를 많이 한 며느리가 자기는 나중에 며느리에게 시집살이 시키지 않겠다는 결심을 하지만, 오히려 지독한 시집살이가 대물림된다. 가슴에 큰 상처를 가지고 있으면 나보다 약자라 생각되는 가까이 있는 사람에게 말로써 상처를 준다. 피해자는 주로 가족이 된다. 그러면 그 가족이 큰 상처를 가슴에 가지게 된다. 상처를 대물림하지 말아야 한다. 사랑하는 가족한테 대물림을 하지 않으려면, 나에게 상처 준 사람을 용서해야 한다. 상처의 대물림을 끊기 위해서다. 계모 밑에서 자란 사람이 자기가 받은 상처를 사랑하는 자식한테 주는 경우가 의외로 많다. 용서가 가장 큰 사랑이다. 나를 사랑하기 때문에 용서가 필요하다. (2017.4.14)

나를 위한 용서

용서는 은총이다. 누구를 미워할 때 가장 괴로운 것은 나 자신이다. 상대를 미워해도 상대는 변하지 않는다. 상대를 보면서 내 상처만 커질 뿐이다. 내가 해결할 문제가 아니다. 나를 위해서 용서해야 한다. 그러면 덤으로 마음의 평화가 온다. 그래서 용서를 할 수 있는 마음은 은총이다. (2017.4.15)

오늘의 묵상 십자가란 하느님의 현존을 가장 의심케 하는 장소입니다. 십자가만큼이나 인간의 고통과 절망, 고독과 허무를 잘 드러내는 곳이 없기 때문입니다. 그런데 그러한 곳에 하느님의 아드님께서 매달려 계십니다. 곧 하느님의 현존을 의심스럽게 하는 바로 그곳에 하느님 자신이 매달려 계신 것입니다.

부활절, 변화를 생각하다

미국 오고 잭슨빌 본당은 처음 가본다. 여기 게인스빌 신자들은 크리스마스와 부활 대축일 미사는 잭슨빌 본당에서 참석한다. 한인 성당인 성 최경환 프란체스코 성당은 아담하고 소박했다. 주변에 터를 넓게 잡아 좋았다. 우리 신부님과 미국인 손님 신부님이 오셔서 두 분이 함께 미사를 집전하셨다.

미사를 마치고 잭슨빌 신자들이 푸짐하게 준비해주신 음식으로 함께 점심 식사를 했다. 본당 신자들은 비교적 연세가 높으신 분들이 많다. 불고기, 잡채, 두부조림, 생선전, 돼지고기 수육, 명태 코다리 조림, 낙지 두루치기 등 다양한 한국 음식을 장만하셨다. 마치 큰집에서 형제들 모두가 푸짐하게 먹을 수 있도록 음식 준비를 넉넉히 해두듯이. 그리고 송편과 부활절 달걀을 선물로 받았다.

부활절 달걀은 하나의 달걀이 알로 머무는 것이 아니라 병아리로 부화되어 닭이 되는 것을 상징한다. 우리도 부활을 맞아 달라진 삶을 살아야 된다는 강론 말씀이 마음에 와닿았다. 이웃에게 먼저 인사하는 모습과 웃는 얼굴을 보이는 것도 부활을 맞아 새로운 삶을 사는 작은 실천이다. (2017.4.16)

프란체스카 수녀님

프란체스카 수녀님이 안부를 전해오셨다. 항상 고맙다. 수녀님과의 인연은 20년이 넘었다. 이집트 성지 순례에서 처음 만났는데 첫인상이 맑고 아름다우셨다. 함께 종신서원 받으신 테레사 수녀님과 동행하고 계셨다. 구약성서 속 시나이산, 사해, 예루살렘, 베들레헴, 카나 등을 순례하면서 감동의 시간을 함께 보냈다. 그 인연으로 터키 바오로 전도여행과 성모님 발현지를 함께 순례하며 인연을 이어오고 있다. (2017.4.17)

다은이와의 영상통화

다은이가 감기에서 벗어나 활발해졌다. 한국은 요즘 철쭉, 개나리, 민들레가 한창이다. 다은이가 꽃을 좋아해 매일 꽃 보러 가며 즐겁게 지내는 모습을 보니 흐뭇하다. 말도 제법 늘었다. 꽃 이름도 제법 안다. 철쭉, 민들레, 목련, 개나리를 봤다고 말했다. 호기심이 많아서 항상 바쁘다. 영상통화 중에도 분주히 왔다갔다 해서 다은이 얼굴 보기가 쉽지 않다. (2017.4.18)

플로리다의 공기

햇볕과 함께 느껴지는 따사로운 공기.
봄꽃과 함께 온 향긋한 공기.
산들바람에 실려 오는 맑고 포근하게 감기는 공기.
비구름과 함께 오는 무거운 공기.
맑은 하늘과 함께 오는 상쾌한 공기.
밤에 찾아오는 차가운 공기…….
모두 고마운 공기. (2017.4.19)

소울 푸드

유학 시절에는 게인스빌에 한국 식당이나 한국 마트가 없었다. 한국 식재료를 학생회장 부인이 수합해서 탬파에 주문하면 게인스빌 학생 빌리지로 배달해주었다. 물건 오는 날 연락을 받고 주문한 물건을 찾으러 갔던 기억이 난다. 간혹 탬파까지 차를 몰고 가서 장을 보고 짜장면 한 그릇을 먹고 돌아오곤 했었다. 짜장면은 어릴 때 추억의 음식 중에 하나다. 요즘은 한국 마트와 중국 마트가 있어서 필요한 식재료를 다 구할 수 있다. 외국에 나와보면 우리가 먹는 음식들이 얼마나 소중한지를 느낄 수 있다. 그 음식들이 우리의 고유문화와 뿌리 깊게 연결되어 있음을 깨닫게 된다. 이민 온 지 30년이 된 교포들도 한국 식단을 고집하고 있다. 어릴 때 먹던 음식이 삶을 지탱해주는 소울 푸드인 것이다. (2017.4.20)

오향편육 번개 모임

사목회장님 댁에서 평일 미사 후 번개 모임이 있었다. 미국에서 보기 힘든 오향편육을 직접 만들었다고 했다. 레아 씨의 야무진 살림 솜씨를 보았다. 김치전도 맛있었다. 교포들은 한국 음식을 집에서 자주 만들어 먹어서 그런지 음식 솜씨가 좋다. 가족같이 서로 도와주며 정겹게 사는 모습이 보기 좋다. 집에 오니 밤 12시가 넘었다. (2017.4.21)

온돌의 우수성

새벽 일찍 일어나서 애틀랜타로 출발했다. 애틀랜타에 가면 즐겁다. 게인스빌 시골에 있다가 도시에 나가면 먹거리도 많고, 할거리도 많다. 점심은 중국인이 운영하는 딤섬 전문점으로 갔다. 갖가지 음식을 담은 딤섬 카트가 식탁 옆으로 오면 골라 먹는 재미가 있다. 배가 고파서 연밥, 새우 딤섬, 바비큐 포크 등 배부르게 먹었다.

돌침대 매장으로 가서 매트를 구입했다. 허리가 안 좋은 나를 위해서다. 미용실에서 머리도 염색하고 커트도 하고, 찜질방으로 갔다. 규모가 크다. 헬스장, 수영장도 있고, 황토, 옥, 소금 등 다양한 찜질방이 있다. 또한 한국 TV 방송을 볼 수 있다. 재미있는 것은 한국 사람보다 외국인이 훨씬 많았다는 사실이다. 우거짓국밥을 먹고 뜨끈한 찜질방에서 허리를 지지니까 좋다. 역시 한국 온돌이 최고다. (2017.4.23)

다시 찾은 퍼거슨 교수님 댁

퍼거슨 교수님의 농장 가는 길은 평화롭고 아름답다. 오늘은 교수님 댁에서 파티가 있는 날이다. 제자들 20~25명가량이 모였다. 외국 유학생들도 있었는데, 중국인들이 특히 많았다. 교수님이 5월 초 중국 가시게 되어 그 전에 모임을 갖기로 한 것이다. 남편을 포함하여 많은 제자를 길러낸 교수님이 존경스럽다. 미국은 교수의 정년퇴직이 없다. 건강만 허락하면 강의를 맡을 수 있다. 퍼거슨 교수님도 일주일에 세 번 학교에 출근하신다. 그래서 건강한 삶을 유지하고 계시는 것 같다.

지난번 다은이를 데리고 놀러 갔을 때 말이 당근을 잘 먹어서 당근을 넉넉히 준비해 갔는데, 말이 있던 자리에 검은 소 블랙앵거스가 있었다. 말은 딴 곳으로 보냈다고 했다. 교수님은 현관을 새로 리노베이션했다고 자랑을 하셨다. 가구도 직접 페인트칠하셨다고 했다. 'I Love Dog'이라고 씌어진 액자를 주문해서 걸어두었다. 반려견 퀴니에 대한 애정 표현이다. 작은 것에 행복해하시며 사시는 모습이 아름다웠다. 내일 여행 일정도 있고, 허리가 좋지 않아서 좀 일찍 나왔다. (2017.4.27)

출발이다!

오늘 일정은 데이토나 비치(Daytona Beach)를 보고 점심 먹고 쉬었다가 코코아 비치(Cocoa Beach)까지 가는 것이다. 남편의 유학 시절 한인 학생 야유회로 데이토나에 가봤던 기억이 있다. 지방도로를 달리면 더 정겹다. 도중에 만나는 오칼라 국유림(Ocala National Forest)은 사람이 살지 않는 아름다운 숲길이다. 창문을 열고 피톤치드도 마실 겸 드라이브를 즐겼다. 갈수록 넓고 사람 손이 덜 간 땅덩어리가 부럽다.

데이토나 비치는 워낙 길어서 모래사장으로 차가 다닐 수 있는 해변이다. 요즘은 입장료를 받는데, 차 한 대당 10달러씩이다. 여기 사람들은 바퀴가 높은 지프차로 모래사장 드라이브하는 것을 즐기는 것 같았다. 젊은 사람들이 삼삼오오 지프차를 타고 모래사장을 누비고 있다. 천천히 달려서 오후 5시경 코코아 비치에 도착했다. 바다가 보이는 방을 정했다. 바다는 멀리서 보면 평화로워 보이지만 가까이 가보면 크고 작은 파도가 쉼없이 일렁인다. 우리의 삶의 모습과도 같다는 생각이 들었다. 가끔은 우리가 감당하기 힘든 큰 해일이 덮쳐 많은 상처를 남기기도 하지만, 바다는 평화로운 모습으로 시치미를 뚝 떼고 우리를 반겼다. (2017.4.28)

대서양 일출

아침 6시 30분경 바닷가로 나갔다. 7시쯤 일출이 시작되었다. 떠오르는 태양의 에너지를 느끼며 해변을 한 시간가량 산책했다. 여행 둘째 날, 멋진 하루의 시작이다.

네 시간을 달리니 옥색 바다에 새하얀 요트들, 야자수가 우리를 반겨주는 지상낙원 마이애미다. 식당(Joe's Restaurant)에 가서 플로리다에서만 나는 스톤 크랩 집게다리와 새우튀김으로 늦은 점심 식사를 했다. 여행을 떠나기 전 박사과정 원 크리스티나가 플로리다 일주 여행 팁을 꼼꼼하게 정리해서 프린트해주었다. 고마웠다.

호텔에 들어가 오늘은 쉬었다. 건사우나로 몸을 풀고 일찍 잠자리에 들었다. 오늘 멋진 하루 허락해주신 주님께 감사하며.

(2017.4.29)

키웨스트 바닷길

어제 일찍 잠들어서 새벽에 일어났다. 서둘러서 키웨스트(Key West)로 향했다. 키웨스트는 어니스트 헤밍웨이가 8년 동안 살면서『노인과 바다』를 집필했던 곳이다. 키웨스트로 가는 길은 플로리다 끝에서 43개의 작은 섬들을 다리로 연결한 80킬로미터가량 되는 바닷길이다. 가는 도중에 보이는 작은 섬들에는 곳곳에 부자들의 별장이 있다. 멋진 보트도 있었다. 바닷길을 네 시간 달려 키웨스트에 도착했다. 이국적인 어촌마을이었다. 시원한 바닷바람과 함께 바닷길을 드라이브하는 기분이 짜릿했다. 헤밍웨이가 살던 집을 둘러보았다. 헤밍웨이는 군인이 되고 싶었지만 어릴 때 한쪽 눈을 다쳐 불가능했다. 어쩔 수 없이 종군기자가 되었고, 2차 세계 대전 때 기자로 직접 참가했던 경험을 바탕으로『무기여 잘 있거라』를 집필했다고 가이드가 설명해주었다.

키웨스트 끝자락에 여기서부터 쿠바까지 90마일이라는 이정표가 세워져 있었다. 키웨스트에서 마이애미로 돌아올 때 간간이 비가 왔다. 또 다른 색깔의 하늘과 바다가 펼쳐졌다. 유학 시절엔 가보지 못한 마이애미와 키웨스트를 열심히 보고 가슴으로 느끼는 시간이었다. (2017.4.30)

크루즈 여행

마이애미 다운타운 높은 건물 옆이 바로 바다다. 바다를 끼고 아침 산책을 하며 이국적인 느낌을 즐겼다. 수속을 밟고 배를 타니 2시가 되었다. 우리 방은 바다가 보이는 객실 3층이다. 엄청나게 많은 객실이 요금에 따라 차별화되어 있다. 바다가 보이지 않는 방, 바다가 보이는 방, 발코니가 있는 방, 고급 스위트, 이렇게 네 등급으로 나뉘어져 있다. 대피 구조 훈련을 마치고, 4시에 배가 출발했다. 나의 버킷리스트 중에 하나인 크루즈 여행이 시작되었다. 배 안에는 몇 개의 야외 수영장, 거품 욕조, 피트니스장, 면세점, 카지노, 산책로, 갤러리, 극장, 대식당 및 야외 식당, 여러 개의 무대가 있다. 한국은 노래 문화가 활성화되어 있고, 이곳은 춤 문화가 활성화되어 있는 것 같다. 곳곳에서 사람들이 춤을 즐기고 있다. 저녁 식사 후, 데크에 나가 해 지는 광경을 보며 산책했다. 내일 여정을 체크하고 잠자리에 들었다. (2017.5.1)

바하마에 취하다

대서양 바다 위에서 일출을 보다.
아침은 고요했다.
풍광에 취하다,
맑은 공기에 취하다,
바다 냄새에 취하다,
시시각각으로 변하는 하늘 색깔에 취하다,

분위기에 취하다,

취하고 싶어 또 여행을 한다. (2017.5.2)

무인도에 가다

바하마에 있는 무인도 코코케이에 도착했다. 어느 쪽을 보아도 그림 같은 정경이었다. 하느님께서는 태초에 이렇게 아름다운 자연을 인간에게 주셨구나! 이 시간을 오래 간직하기 위해서 눈으로 담고, 사진으로 열심히 남겼다. 인디언들은 "자연은 신이다"라는 믿음으로 자연을 훼손하지 않고 자연과 더불어 살았다. 그 덕에 인간의 손이 덜 간 이곳은 자연의 아름다움을 고스란히 간직하고 있었다. 전지전능하신 하느님의 능력을 느낄 수 있는 순간이었다.

야자수 그늘에 설치된 그물침대에 누워 오수를 즐겼다. 생각보다 편했다. 영화 속 장면처럼 꼭 해보고 싶었던 것 중에 하나이다. 아름다운 섬을 뒤로하고 배에 돌아가는 길이 많이 아쉬웠다. 저녁식사 후 그동안 맛있는 요리를 해준 요리사들 40~50명이 한 줄로 죽 나와서 인사를 하는 모습도 감동적이었다. 내일은 배에서 내린다. 가방을 싸고, 창문으로 들어오는 밤하늘 별과 은은한 달빛을 느끼며, 크루즈에서의 마지막 밤을 접고 잠들었다. (2017.5.4)

멕시코만의 밤

아침 식사를 하고 배에서 내렸다. 마이애미를 떠나서 조용하고 고급스런 휴양 도시 네이플스(Naples)에 들렀다가 새러소타로 향했다. 새러소타(Sarasota)에 있는 요더스(Yoder's) 레스토랑은 문명을 받아들이지 않고 전통적 생활 방식을 지키는 아미시 빌리지(Amish Village) 사람들이 운영하는 식당이다. 점심시간이 많이 지나서인지 기다리지 않고 식사를 할 수 있었다. 직접 농사지은, 자연 그대로의 식재료로 만든 요리로 넉넉하고 맛있는 식사를 즐겼다. 새러소타에서 석양을 보면서 멕시코만의 밤을 보냈다. (2017.5.5)

링링 서커스 박물관

새러소타에는 서커스의 대부 존 링링이 설립한 서커스 박물관이 있다. 개관 시간에 맞추어 10시에 입장했다. 서커스 흥행으로 거부가 된 존 링링은 넓은 땅에 여러 개의 박물관을 지어 일반인들에게 공개했다. 서커스 박물관은 옛날에 번창했던 서커스 모습을 미니어처로 만들어 전시해두었다. 그 당시 사용하던 소품들, 이동 수단이던 기차, 마차 등은 실물 그대로 전시되고 있었다. 즐거움과 꿈을 선사하던 서커스인들의 삶을 엿볼 수 있었다. 또한 각 나라를 돌면서 사 모은 미술품들이 아트 뮤지엄에 전시되어 있었다. 링링은 아내를 위해 바닷가에 별장과 정원을 지었는데 매우 아름다웠다. 관람하는 데 세 시간 이상 걸렸다.

서커스 박물관 관람을 마치고 세인트피터즈버그(St. Petersburg)로 향했다. 바닷길을 이은 다리인 스카이 브리지(Sky Bridge)가 무척 아름다웠다. 클리어워터(Clearwater) 시내를 둘러보고 게인스빌에 도착하니 늦은 밤이다. 긴 여행을 마치고 집에 도착했다. 안전하고 즐겁게 여행을 할 수 있도록 허락해주신 주님께 감사드리고 잠자리에 들었다. (2017.5.6)

아버님의 등

시부모님은 나에게 넘지 못할 높은 산이었다. 엄하시고, 무서워서……. 남편 먼저 유학 가고 딸과 함께 시댁에서 몇 개월 살 때 나에게 잊혀지지 않는 기억이 있다. 햇볕 좋은 마당에서 쪼그리고 앉아서 세수하는 아버님의 뒷모습. 러닝셔츠 밖으로 보이는 좁고 까만 등이 왜 그리 초라해 보이는지……. 저 등에 자식들이라는 무거운 짐을 지고 계시는구나! 아버님의 짐이 참으로 무거우시구나……. 미안한 마음과 함께 그 모습이 오래도록 기억되었다.

유학 시절 요한 씨가 약해질 때마다 아버님의 초라한 등이 생각나 더욱 남편을 독려했다. 아버님을 실망시키면 안 될 것 같아서……. 요즈음은 어머님을 먼저 보내시고 쓸쓸해하시는 뒷모습이 자꾸만 눈에 밟힌다. (2017.5.8)

친정 같은 우리나라

우리나라의 대통령 선거가 있는 날이다. 가장 중요한 시기에 우리나라를 이끌 대통령을 잘 뽑아야 할 텐데……. 북한이 6차 핵실험을 하면 미국이 선제 공격한다고 이쪽 언론에서는 전쟁이 난 듯 야단이다. 외국에 나와 살면 우리나라가 친정 같은 곳이라는 생각이 든다. 친정이 잘 살고 편해야지 내 삶도 편하듯이, 우리나라가 불안하면 여기 생활도 편하지가 않다. (2017.5.9)

대한민국 대통령

어제 대선에서 더불어민주당 문재인 후보가 대통령으로 당선

되었다. 인수위 없이 바로 대통령 업무에 들어간다고 한다. 우리 자녀와 손녀가 살아가야 할 세상, 여러 가지 해야 할 일이 많다. 가장 기본적인 것으로 숨 쉬고 살아갈 수 있는 좋은 공기, 북한과의 관계를 잘 해결해서 불안하지 않은 삶, 그리고 국민이 신뢰할 수 있는 정부를 만들어주었으면 하는 바람을 가져본다. 어려운 시기를 잘 헤쳐 나가서 존경받는 대통령으로 국민들 가슴에 남는 대통령이 되길 간절히 바란다. (2017.5.10)

다은이의 두 번째 생일

오늘 사랑하는 프란체스카 다은이의 생일이다. 축하해, 다은아! 세월이 빠르다. 많은 기도와 간절함으로 임신이 되어 기뻐했던 때가 엊그제 같은데 벌써 두 돌이다. 이제 말도 제법 잘해서 깜짝깜짝 놀란다. 다은이를 통해서 생명의 신비를 느꼈고, 딸 선혜를 통해서 모성의 위대함을 체험했다. 다은이 태몽을 대신 꾸신 프란체스카 수녀님의 본명을 따서 다은이 본명이 프란체스카가 되었다. 우리 프라체스카, 주님의 자비로운 은총 안에서 건강하게 행복한 삶을 살 수 있도록 할머니가 항상 기도할게. (2017.5.12)

어머니날

미국에서는 5월 두 번째 일요일인 내일이 어머니날(Mother's Day)이다. 성당 성모회에서 어머니날 나들이를 갔다. 도중에 들른 앤티크샵 한구석에서 평소 보아온 성모님상과 다른, 청순한 성모님상을 보았다. 왠지 집으로 모셔와야겠다는 생각이 들었다.

저녁에 미사 때 오늘이 파티마에서 성모님이 발현한 지 100주년 되는 날이라는 것을 알았다. 오늘 성모님을 우리 집에 모신 것에 의미가 있다는 생각을 했다. 어머니날 행사 중 주일학교 어린이들로부터 받은 장미꽃과 어머니 은혜 노래를 들으면서 눈물이 났다. 용재와 선혜가 떠오르고, 선혜가 진자리 마른자리 갈아주며 다은이를 키우고 있는 모습이 불현듯 생각나서. (2017.5.13)

내 속의 엄마 모습

거울 속에 친정 엄마가 계신다.
30년 전의 엄마 모습이……
자존심 강하고 적당히 허영스럽고
여성스러운 엄마의 모습이 거울 앞에 있다.

긴 세월 지나고 나니

내가 오래전 엄마의 모습이 되어 있다. (2017.5.15)

조급하게 생각하지 말아야지

미국 오면서 야무지게 마음먹은 영어 공부는 쉽지 않다. 허리가 아파서 오래 앉아 있을 수 없어서 영어 클래스에 안 나간 지 한참되었다. 주로 만나고 교류하는 사람들이 한국 사람이다 보니 영어로 하는 말이라곤 인사 정도이다. 도서관에서 운영하는 일대일 튜터 프로그램은 내가 나이가 많아서인지 두 번 약속이 되었다가 하루 전날 취소되었다. 마음을 비우고 영어회화 공부도 내려놓아야 하나……. 너무 조급하게 생각하지 말아야겠지. (2017.5.18)

문화 충격

날씨가 더워지면서 아파트 수영장의 비치 체어에서 선탠하는 사람들이 늘어났다. 햇볕이 좋은 날이면 다들 짧은 비키니만 입고 잔디밭에 눕는다. 오래전 플로리다에 처음 왔을 때 이런 모습에 문화 충격을 받았다. 평소에도 남자들은 팬티만 입고 조깅하고, 여대생들은 짧은 바지에 노출이 심한 옷을 입고 학교에 간다. 아직도 적응이 안 되는 부분이기도 하다. 여기 사람들은 볕이 좋으면 무조건 밖으로 나와 태양을 즐긴다. (2017.5.19)

정원을 갖고 싶다

이곳 사람들은 대부분 개인주택에서 산다. 그래서 넓은 마당 가꾸기를 즐기는 모습이 부럽기만 하다. 대형마트에 가면 가드닝 코너가 잘 갖추어져 있다. 갖가지 꽃, 비료, 농기구 등, 구경하다 보면 시간 가는 줄 모른다. 흙을 만지고 자연에 순응하는 삶이 좋아 보인다. 꽃을 좋아하는 손녀를 위해 꽃 모종 한 판, 채소 모종 한 판을 사다가 집 앞에 두었다. 우리 집 앞 작은 뜰에도 계절 따라 다른 꽃을 사다 심어놓고 즐기는 걸로 만족하고 있다. 단독주택에 살고 싶은 마음을 이렇게 풀고 있다. (2017.5.22)

비는 은총이다

비가 왔다. 집 앞 저지대 잔디 공원이 호수가 되었다. 비가 와서 시원해졌다.

다은이가 감기를 떨치고 활발해졌다. 감사할 뿐이다. 비 온 뒤 생기를 찾은 꽃과 나무, 잔디, 그리고 촉촉해진 흙을 보면 기분이 좋아진다. 집 앞에 심어둔 부추와 들깻잎도 쑥 자라 있다. 비는 은총이다. 골고루 내리는 은총이다. 주님의 은총도 모든 사람에게 골고루 내리시겠지. 우리가 잘 느끼지 못하지만. (2017.5.24)

심호흡의 효과

헬스장에서 열린 허리 통증 세미나에 참석했다. 대부분 아는 이야기이지만 몰랐던 10퍼센트 정도의 정보는 유익하다. 세미나에서 호흡법을 배웠다. 통증이 있을 때 단전호흡처럼 심호흡을 하면서 통증을 이기는 방법이다. 오래전 아들 용재를 낳을 때 진통을 겪으며 힘들어하는 나에게 미국 의사가 규칙적인 심호흡법을 가르쳐준 기억이 난다. (2017.5.27)

5월의 마지막 날

오디오 성경으로 시편들을 들었다. '제 영혼이 하느님을 목말라하나이다. 나의 구원, 나의 하느님, 당신은 저의 피난처. 제 기쁨과 즐거움이신 하느님'이란 부분을 달콤하게 들으면서 눈을 떴다. 5월의 마지막 날이다. 다가오는 6월은 좀 더 하느님께 가까이, 좀 더 건강하게, 좀 더 긍정적으로 살아가는 나날을 기대해본다.

선혜가 살림꾼이 되어간다. 수요시장에 갔더니 풋마늘과 양파가 나와서 장아찌 담그려고 사 왔단다. 장아찌 만드는 방법을 물어 온다. 기특하다. 다은이도 건강한 모습을 보니 모든 것이 감사하다. (2017.5.31)

여름의 축복

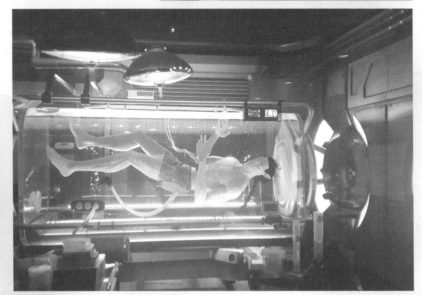

▲▲ 개기일식 ◀ 매너티 스프링의 야외 미사

▲ 디즈니월드의 아바타관

피지컬 테라피

피지컬 테라피를 전공하는 박사과정 학생의 소개로 실습장에 가보았다. 미팅을 해서 한 달간 무료로 지도해주는 프로그램이다. 세 명이 한 조가 되어 실습을 받았다. 나에 대해 자세히 질문하고, 동작도 이것저것 시켜보더니 그 결과를 토대로 지도교수와 상의하고, 허리가 아픈 나에게 알맞은 체조를 알려주었다. 과제는 매일 30분 이상 걷기와 오늘 배운 체조를 10분 이상 하기이다. 매주 다른 체조를 알려준다. 허리에 도움이 될 것 같다. (2017.6.1)

영어 미사 통상문

오늘 큰맘 먹고 영어 미사 통상문을 단어를 찾아가면서 숙지했다. 미국 성당에 가면 신부님 말씀이 귀에 들어오지 않아서 시간을 내어 정리했다.

시작예절(Entrance Procession)

인사(Greeting)

참회예절(Penitential Rite)

자비송(Kyrie)

대영광송(Gloria)

본 기도(Opening Prayer)

말씀의 전례(Liturgy of Word)

제1독서(First Reading)

화답송(Responsorial Psalm)

제2독서(Second Reading)

복음환호송(Gospel Acclamation)

복음(Gospel)

강론(Homily)

신앙고백(Profession of Faith)

성찬전례(Liturgy of Eucharist)

성찬 제정과 축성문(Institution and Consecration)

기념과 봉헌(Memorial and Offering)

성령청원(Invocation of the Holy Spirit Unity)

영성체 예식(Communion Rite)

주님의 기도(Lord's Prayer)

평화예식(Sign of Peace)

빵 나눔(Breaking of the Bread)

영성체(Reception of Communion)

마침예식(Closing Rite)

강복(Blessing)

의미 있는 시간이었다. 미사 의식을 길게 드리는 것 같다. 오래전에 전례 봉사를 하면서 미사 시간에 더 집중했던 기억이 난다. 미국 성당에 가면 좀 더 집중해서 미사를 드릴 수 있을 것 같다. 함께해주신 주님 감사합니다. (2017.6.3)

황혼의 반란을 꿈꾸며

아침부터 하루 종일 비가 내렸다. 집 앞 공원이 지대가 낮아서 비가 많이 오면 호수로 변한다. 그것도 나름대로 멋진 풍경이다. 유학 시절 함께하며 많은 추억을 공유하고 있는 친구 부부 다섯 쌍과 여행 계획을 잡았다. 올해 연말을 캘리포니아에 사는 원호네 집에서 함께 보내고, 내년 1월 1일부터 멕시코를 여행하기로 했다.

황혼의 반란을 꿈꾸며, 원호 엄마가 여행 중에 입을 우아한 드레스를 선물하겠다고 대화방에 올렸다. 예쁜 옷을 입기 위해 다이어트에 들어갔다. 설레는 나날이 될 것 같다. 기다림이 있으니 이 또한 즐거운 나날이다. 기다림은 그리 특별하지 않은 하루하루를 특별하게 만들어준다. 해 지는 시간이 늦어져 저녁 8시에도 산책을 할 수 있다. 9시가 되어서야 어두워졌다. (2017.6.5)

일상의 기적에 감사하자

일상이 기적이란 글을 읽은 적이 있는데, 그게 남의 일이 아니다. 언제나 내 마음대로 움직일 줄 알았던 내 몸이 이렇게 기습적으로 반란을 일으킬 줄은 예상조차 못했다. 반듯반듯 짱짱하게 걷는 게 결코 쉬운 일이 아님을 실감하게 되었다. 아침에 벌떡 일어날 수 있음에 감사하다. 오늘도 일상에 감사하며 살자. (2017.6.6)

우기의 시작

며칠간 내린 비로 생긴 집 앞 호수에 개구리와 맹꽁이가 밤새도록 울어서 잠을 설쳤다. 오전에는 밀린 일을 하느라 바빴다. 냉장고를 정리하고 북엇국, 돼지고기 수육, 양배추 돼지고기 볶음 등을 만들어두었다. 점심식사 후 잠시 해가 반짝해서 산책하러 나갔다. 한 시간 걷고 나니 갑자기 큰 비가 왔다. 6월부터 우기라고 하더니, 날씨가 맑다가도 갑자기 비가 내린다. 저녁때까지 비가 멈추지 않아 우산을 들고 산책로를 돌며 묵주기도를 바쳤다. 오늘 하루 베풀어주신 모든 것이 주님의 은총임을 감사하며. (2017.6.7)

요가의 매력

오후에 피지컬 테라피를 두 번째로 갔다. 여러 가지 동작을 시켜보고 허리 통증을 완화해주는 운동 위주로 가르쳐주었다. 오늘 배운 동작들이 요가 동작이다. 앞으로 항상 해야 할 운동이 요가인 것 같다. 요가의 매력을 조금씩 몸으로 느낀다. 바른 자세와 유연함이 덤으로 따라온다. 고난도 동작을 따라할 수 있는 날을 기대하며, 요가의 매력에 점점 빠져들고 있다. (2017.6.8)

소중한 인연

더운 여름 고생하시는 신부님께 식사를 대접하고 싶어 집으로 초대했다. 신부님은 우리 집을 축복해주시고 "씨앗이 바람에 날아다니다 떨어져서 뿌리가 내리는 것이 우연이 아니다. 소중한 인연"이라는 말씀을 시를 인용해서 해주셨다. 저녁 식사로 닭백숙을 준비했다. 황기를 노랗게 우려낸 물에 닭을 넣고 한 번 끓인 다음 마늘, 밤, 대추, 인삼을 넣어서 한 번 더 끓였다. 국물이 탁해지지 않도록 유지하며 미리 해둔 찰밥과 함께 내었다. 닭백숙은 자신 있는 음식이다.

밤에는 사목회장 댁에서 친교 모임이 있었다. 우리 집에서 차로 5분 거리다. 3주간 시애틀의 수녀원에서 힘들게 생활하시다 돌아온 신부님을 위한 자리이다. 자매님들은 다 자기 일을 갖고 있는데, 바쁜 가운데에도 몸 아끼지 않고 헌신적으로 봉사하는 모습을 보며 대단하다는 생각을 했다. 게인스빌 공동체를 이끌어가는 신자들과 함께할 시간을 허락해주심에 감사하다. (2017.6.9)

추억은 아름다워

사람들은 힘들었던 일은 다 걸러내고 좋았던 일, 아름다운 기억만 추억으로 남기는 재주가 있다. 그래서 추억은 아름다운가 보다. 힘겨웠던 남편의 유학 시절을 생각하면 다시는 미국에 오고싶지 않았다. 10년 이상 미국 생각은 하지도 않고 살았다. 세월이 지나면서 아름다웠던 기억만 새록새록 머릿속에 저장되어 추억이란 이름으로 나의 가슴을 파고들더니 어느 순간 그리움으로 자리 잡았다. 그리고 다시 한 번 플로리다에 가보고 싶다는 바람이 뿌리를 내리고 무럭무럭 자라난 것이다. 이렇게 플로리다 생활을 다시 할 수 있는 것은 나에게 남아 있는 추억이란 좋은 기억들 때문이다. 그래서 또 아름다운 추억을 많이 만들었다. 오랜 시간 지나고 나서도 두고두고 꺼내볼 수 있도록. (2017.6.10)

햇살

비 온 후 찾아온 화창한 햇살은 반가운 손님.
좀 더 많이 집 안으로 들어오렴.
블라인드 걷어 올리고 창문 활짝 열어둘게.
우리 집 구석구석 밝은 빛으로 채워주렴. (2017.6.12)

공짜

우리에게 꼭 필요한 것은 다 공짜다. 깨끗한 공기, 햇살, 더위를 식혀주며 솔솔 부는 바람, 편안한 도서관, 멋진 공원, 가끔 내리는 비, 산책로, 자연의 소리, 아름다운 새소리, 바람이 선물하는 나뭇잎 흔들리는 소리, 주변에 피어 있는 꽃과 나무, 그리고 숲, 맑은 하늘의 구름들, 밤하늘에 반짝이는 수많은 별들이 몽땅 공짜다. 찾아보면 수없이 많다. 항상 감사하며 살아야겠다. (2017.6.13)

기다림

아들 용재가 비자 만기 전인 8월 중순경 미국에 온다. 영어권 여러 나라에 이력서를 넣고 좋은 소식을 기다리고 있다. 영화 제작에 참여하기로 하고 일을 시작했는데, 감독과 제작자의 의견 차이로 제작이 무기한 연기되었다고 한다. 쉬운 길을 두고 굳이 힘든 영화 일을 고집해서 모든 것이 불투명한 용재를 생각하면 가슴이 답답하다. 자식을 통해서 기다림, 인내, 비움을 배우라는 주님의 뜻인가 보다. 자식이란 기다림이고 간절함이다. 그리고 믿음이고 희망이라는 생각이 든다. 긴 기다림 끝에 때가 되면 꽃망울을

터뜨리는 봄꽃들처럼 기다림은 믿음을 가지고 그대로 두는 것이다. 언젠가는 아름다운 꽃을 기대하면서. (2017.6.16)

아버지들에게 박수를

미국에는 아버지날(Father's Day)이 6월 17일이다. 무거운 아빠 자리를 잘 지켜주고 열심히 살아온 세월에 박수와 격려를 보내는 의미에서 작은 파티를 준비했다. 성모회에서 준비한 슈퍼맨 티셔츠를 아빠들께 입혀드렸다. 그리고 맥주 파티가 열렸다. 자매님들이 준비한 안주가 푸짐했다. 즐겁고 훈훈한 시간이었다. 재미교포들의 삶은 더 힘든 것 같다. 남의 나라 언어로 일하면서 돈 벌어 가족을 책임지고 자녀와 문화적 차이를 극복하며 씩씩하게 아빠의 역할을 하고 있는 아빠들께 박수를 보낸다. 힘내세요. 파이팅!
(2017.6.17)

음식 궁합

핫케이크나 토스트에 과일과 시럽을 듬뿍 올린 아침 식사에는 커피가 빠질 수 없다. 한국에 있을 때는 콜라를 거의 먹지 않았다. 하지만 여기서는 가끔 먹는 햄버거에 콜라를 뺄 수가 없다. 커피도 마찬가지다. 오후에 커피를 마시면 잠을 못 이뤄 고생하기 때문에 원래 오후에는 거의 커피를 마시지 않았다. 그러나 여기서 외식을 할 때는 커피나 콜라를 곁들이지 않으면 음식을 맛있게 먹지 못한다. 음식에도 궁합이 중요하다. 부침개와 막걸리가 환상의 궁합이듯이 스테이크나 피자를 먹을 때 와인이 빠질 수 없다. 그래서 자주 커피와 콜라를 마시고, 와인을 즐기게 된다. 나의 식생활에 변화가 조금씩 일어나고 있다. (2017.6.18)

시에스타 비치

아침 일찍 출발해서 우리 집에서 세 시간 거리에 있는 시에스타 비치로 향했다. 시에스타 비치는 미국이 선정한 톱 10 비치 가운데 첫 번째로 꼽히는 곳이다. 모래가 부드럽기로 유명하다. 멀리서 바라본 바다와 색깔, 해안선이 아름답다. 지난겨울에 왔을 때는 조용했는데 여름 바닷가는 물놀이를 즐기는 사람으로 북적였다. 멕시코만의 석양은 날씨가 흐려서 보지 못했지만 반면에 해가 없어서 물놀이 즐기기 딱 좋았다. 파도가 밀려올 때 몸을 실어 파도를 타는 게 재미있었다. 물도 따뜻했다. 플로리다에서 생활하는 게 우리 부부에게는 여행인데 집을 떠나보니 또 다른 세상이 있다. (2017.6.19)

달리 뮤지엄

탬파 베이에 자리 잡은 달리 뮤지엄(Dali Museum)은 건축물이 아름답고 바다가 한눈에 들어오는 전망 좋은 곳에 있었다. 달리는 미로와 함께 스페인을 대표하는 초현실주의 화가이다. 이곳은 스페인에 있는 달리 뮤지엄 다음으로 많은 작품이 전시되어 있었다. 많은 작품을 가까이에서 감상할 수 있어서 좋았다. 스페인 바닷가에서 어린 시절을 보낸 달리는 바다를 소재로 많은 그림을 그렸다. 학교 다닐 때 책으로만 보던 달리의 작품을 직접 만나니 색감과 느낌이 다르다. (2017.6.20)

장미꽃의 안부 인사

여행에서 돌아오니 집 앞 장미가 며칠 사이 만발해 우리를 반긴다. 집 앞에 심어진 장미나무 두 그루가 즐거움을 선물한다. 남편은 집 앞 꽃이 피면 꽃을 좋아하는 다은이한테 보여주고 싶어 영상통화를 한다. 다은이는 활짝 핀 노란 장미를 좋아한다. 요한 씨는 다은이한테 영상으로 꽃을 보여주기 위해 열심히 꽃을 가꾼다. 냉장고를 비우고 여행 다녀왔더니 먹을 것이 없다. 오늘은 집에서 배추김치와 오이소박이 담그는 날이다. 배추김치 담그는 날은 우리 집 별미 배추전과 무전을 해 먹는다. 용재가 여름 감기로 힘들어하고 있다. 마음이 불편하다. (2017.6.21)

어느 날

같은 자리 같은 하늘을 바라보고 있는데
오늘 보내는 시간은 쫄깃쫄깃 맛있는 시간이다.
오늘 공기는 왜 이리 달고, 커피는 왜 이리 맛있는지?
근심이 비워진 자리에 행복이 자리 잡았나 보다. (2017.6.23)

귀뚜라미 소동

오후에는 소나기가 한 차례씩 왔다. 소나기가 더운 열기를 식혀주어서 좋다. 우산을 쓰고 산책하며 묵주기도를 바쳤다. 잠자리에 들었는데 귀뚜라미 소리가 시끄러워 잠을 이룰 수가 없다. 거실에 귀뚜라미가 들어왔나 보다. 거실 불을 켜면 귀뚜라미 소리가 들리지 않고 조용하다. 다시 누웠는데 귀뚜라미가 다시 울기 시작했다. 온 집 안을 살펴 귀뚜라미를 찾아내서 밖으로 보내니 조용해졌다.

1층 집이라 벌레들이 많이 들어온다. 어디로 들어오는지 알 수가 없다. 1층이 시원하고 장점도 많지만 벌레와 더불어 살아야 한다. (2017.6.27)

냉천에서 튜빙

플로리다에는 냉천(cold springs)과 호수가 많다. 실버 스프링스, 마나티 스프링스, 이치타크니 스프링스 등 크고 작은 스프링이 있어 여름철에 더위를 날리는 데 최고다. 우리 가족이 더울 때 한 번씩 찾은 레인보우 스프링은 이름만큼이나 아름다운 냉천이다. 차고 맑은 물이 솟구쳐나와 시내를 이루고 있다. 얕은 곳에서는 수영을 하고, 물가에서는 일광욕을 한다. 제법 깊고 수량이 풍부한 곳에서는 튜빙을 한다. 튜빙이란 수영복 차림으로 상류에서 고무튜브를 타고 하류로 내려가는 것인데, 길게는 몇 시간씩 걸리기도 하는 여름철 놀이 문화이다. 냉천에 몸을 담그고 물줄기가 흐르는 대로 떠내려가며 더위를 날렸다. 유학 시절 야유회를 나가 튜빙할 때 악어가 물밑에서 놀고 있던 기억이 생생하다. (2017.6.29)

애가, 슬픈 노래

요한 씨가 켜둔 오디오 성경에서 애가편이 흘러나왔다. 모든 내용이 저주와 협박이다. 사랑 애(愛) 자가 아니고 슬플 애(哀) 자다. 어둡고 무거운 내용은 나를 우울하게 만든다. 아침에 성경 듣는 것에 갈등이 온다. 아침이 우울해진다. 성경 전체를 끝까지 들어보고 싶었는데 계속 들어야 하나? (2017.7.1)

미안해

팔이 아프다. 이번엔 팔이 고장 났다. 세수를 하려고 해도 옷을 입으려고 해도 팔이 필요하다. 냉장고 문을 열려고 하니 팔이 필요한데 팔이 움직여주지 못하니 손도 제 역할을 해주지 못한다. 그동안 이렇게 많은 일을 하는 너를 아끼지 못해서 미안하다. 이제야 깨달으니 미련하지? (2017.7.2)

손녀의 옷을 고르며

다은이가 태어나서 처음으로 경쟁이란 걸 알게 되었다. 장난감을 두고 친구와 다투었고, 원하는 장난감으로 놀지 못해서 의기소침해 있다고 한다. 그런 다은이를 보면서 마음이 짠했다는 딸과 통화하며, 이제 다은이의 사회생활이 시작되었구나 하는 생각과 함께 밀려오는 안쓰러움. 다은이도 더불어 살아가는 법을 배워야 하니까. 다은아, 힘내! 할머니가 멀리서 기도할게!

여름 세일하는 옥스몰에 가서 다은이 여름옷을 샀다. 미니 마우스, 미키 마우스 같은 좋아하는 캐릭터, 나비, 무당벌레, 별 등 그림이 있는 옷을 넉넉히 샀다. 옷을 고르는 시간은 다은이와 함

께 있는 시간이었다. (2017.7.4)

마음 그릇

　누구나 각기 다른 모양과 크기의 마음을 가지고 있다. 나의 마음도 60년이 훨씬 넘도록 살면서 많이 부딪히고 깎여서 둥글어지기도 했지만 모난 부분이 많다. 많은 것을 푸근하게 담을 수 있는 마음을 갖고 싶다. 어떤 말이든 수용할 수 있는 큰 마음의 그릇을……

　조금만 나랑 달라도 받아들이지 못하는 모나고 작은 내 마음 그릇을 보며 누구의 작은 마음 그릇을 탓하겠는가? (2017.7.5)

힘든 시간들

　요즈음 요한 씨랑 함께 있는 시간이 많아서 그런지 자주 다툰다. 생각 없이 뱉어버리는 말들을 받아들이지 못하고 싸움으로 이어지니……. 서로 노력하다가도 한 번씩 상대방의 감정을 긁어서

화가 머리끝까지 치솟는다.

나이가 들수록 말을 적게 해야 하는데, 요한 씨가 말이 많아지고 특히 잔소리가 늘었다. 살림에 관여해서 더 심해지는 것 같다. 퇴직하고 나서의 삶이 걱정스럽다. (2017.7.6)

서로 다른 우리 부부 맞춰가며 살아가기

남편과 나는 너무 다르다. 젊을 때는 서로 맞추어주려고 노력하며 살았지만, 지금은 서로 자기 고집만 내세운다. 그래서 다르다는 게 너무나 잘 드러난다. 평생을 성실하게 학생을 가르치고 살아온 요한 씨는 무엇이든지 가르치려고만 한다. 나의 의견을 수용하기보다는 자기 생각 설명하기에 바쁘다. 그 설명을 다 들어주려면 인내심이 필요하다. 그런데 대화가 길어지면 의견 충돌이 일어난다. 어떤 일을 함께 할 때도 마찬가지이다. 헬스장에 등록하면 남편은 본전을 뽑으려고 매일 가기를 원한다. 가서 샤워만 하고 오는 한이 있어도 매일 가야 직성이 풀린다. 나는 일주일에 두세 번쯤, 가고 싶을 때 가서 즐기는 것을 좋아한다. 요즘 들어 요한 씨가 나한테 가장 많이 하는 말이 "헬스장 갈래?"이다. 즐겁게 다니고 싶은 헬스장을 본전 뽑으려고 의무적으로 가는 곳으로 바꾸는 재주가 있다. 지나친 성실함의 부작용이다.

물건을 사는 것도 너무 다르다. 요한 씨는 무조건 싼 것을 좋아한다. 나는 꼭 필요한 물건은 좋은 것으로 사고 싶다. 식당에 가도 마찬가지다. 요한 씨는 메뉴에 있는 음식 중 가장 싼 것으로 조금만 시킨다. 나는 넉넉하게 시켜서 먹고 남으면 박스에 포장해오면 된다고 생각한다. 요한 씨는 기본적으로 외식을 싫어하고, 집에서 먹는 것을 가장 좋아한다. 나는 평소 안 먹어본 음식을 먹어볼 수 있어서 외식을 좋아한다. 자녀교육에 대한 의견에도 많은 차이가 있다. 남편은 자녀의 잘못된 점을 그때그때 지적하고 가르쳐야 한다는 생각을 가지고 있다. 나는 기다려주는 편이다. 본인의 실수는 스스로가 잘 알기 때문이다.

이렇게 다른 남편과 내가 맞추며 살아가는 것이 아직도 숙제이다. 누가 옳고 틀린가 하는 문제가 아니다. 다른 것이다. 간격이 너무 벌어지지도 않도록, 끌어당기다가 너무 좁아지지 않게 조절하며 산다. 우리 부부는 기차 철로처럼 영원한 평행선인 것 같다.

(2017.7.7)

내려놓아야 하는 것

신부님이 강론 중 10년 전 산티아고 순례길을 걷던 경험담을 말씀해주셨다. 공감 가는 이야기다. 북프랑스에서 시작해서 야고

보 무덤까지 약 한 달간을 걷는다. 짐을 최소화하고 매일 더 버릴 것이 없나 살피지만, 어쨌든 무거운 짐을 지고 걷는다. 여러 가지 이유로 필요할 것 같아서 못 버린 그 짐을 마지막 날까지 끙끙거리며 지고 와서, 종착지에 도착해서야 다 필요 없는 짐이었음을 깨닫고 전부 버리고 한국에 돌아오셨다고 한다.

내 인생의 짐도 내가 만든다. 내려놓지도 못하고 끙끙거리며 무겁다고 투덜거리며 지고 간다. 남들 앞에서 차려야 하는 체면, 자식에 대한 기대, 남보다 잘나 보이고 싶은 욕심, 물질적 욕심, 무엇 하나 내려놓은 것이 없다. 죽음 앞에 섰을 때에야 다 필요 없다는 것을 깨달을까? 내려놓는 연습을 해야지. (2017.7.8)

미움

마음에 미움이 들어오는 순간 평화는 사라진다.

누구를 미워하는 것은 고통이다.

내 머릿속은 미워하는 생각으로 가득하다.

상대를 이해하려 노력하는 순간 고통의 늪에서 빠져나올 수 있는데.

미움과 사랑은 종이 한 장 차이다. (2017.7.9)

행복도 내가 만들고 불행도 내가 만든다

54일간의 묵주기도도 오늘로 끝난다. 감사기도를 바치면서도 나의 마음은 감사하지 않고 우울하고 답답하다. 요한 씨 말에 항상 화를 내고 속상해한다. 작은 걸림돌도 넘어가지 못하고 걸려 넘어지는 나도 한심하다. 하루하루가 주님의 은총임을 감사한다고 기도하면서도 나의 마음에는 감사도 없고 평화도 없다. 당분간 기도를 쉬어야겠다. 맑은 공기, 멋진 하늘, 집 앞 산책로, 골프장 등등. 처음 플로리다에 왔을 때 모든 것이 감동스럽고 감사하던 것이 이제 당연하게 느껴지는 것을 보니 마법이 풀렸나 보다. 행복도 내가 만들고 불행도 내가 만든다. 마음을 다잡고 다시 행복을 만들자. (2017.7.10)

감정의 물결

나의 감정은 희로애락으로 출렁인다. 수시로 변하는 감정의 물결을 잔잔한 상태로 유지하기 쉽지 않다. 나이가 들면 감정의 폭이 조절되리라 생각했는데 그렇지 않다. 불현듯 오래된 감정의 골이 불쑥 튀어나와서 나를 괴롭힌다. 옛 상처를 다 잊었다 생각했

는데……. 나 자신을 위해 기도가 많이 필요하다. (2017.7.11)

나를 가볍게 해주자

모처럼 일찍 일어나서 산책길을 나섰다. 묵주기도 1단 바치고 자신을 돌아보는 묵상의 시간을 가졌다. 왜 요즈음 마음이 혼란스럽고 평화롭지 않나……. 지난주 신부님 강론 말씀이 생각났다. 내려놓지 못하고 버리지 못하는 짐이 나의 어깨를 짓누르고 있었다. 무겁게 느껴지는 짐들을 주님께 맡기노라고 생각은 하지만 여전히 온전히 주님께 맡기지 못하고 나의 짐으로 무겁게 지고 있다. 내가 지고 있는 짐 내려놓고 나를 가볍게 해주자. 제게 일어나는 모든 일들을 주님의 뜻대로 하소서……. (2017.7.12)

오늘의 묵상 인생은 많은 조각으로 이루어져 있다. 우리가 어떤 조각들은 받아들이고 어떤 조각들은 마음에 들지 않는다고 해서 버린다면 인생의 전체 그림은 완성될 수 없다. 인생의 기쁘고 행복한 순간만을 인정하고 실패와 좌절로 말미암아 고통스러웠던 순간들을 거부한다면 우리 인생의 전체적인 그림을 볼 수가 없다. 잊고 싶고 감추고 싶은 마지막 한 조각까지도 우리 삶의 한 부분이다. 마지막 한 조각으로 마침내 우리 인생의 그림이 완성된다.

고통과 슬픔이라는 삶의 조각은 사람을 단련시켜 아름답게 만드는 힘이라는 사실을 깨닫는다.

비움

비우니깐 비로소 행복이 찾아오네.
비워둔 마음에 욕심이 못 들어오도록
자물쇠로 꼭꼭 잠가두었건만
어느새 욕심이 가득 자리를 차지하고 있네. (2017.7.13)

딸의 내 집 마련

딸 선혜가 집을 계약했다. 전세금을 빼서 1년 정도 오피스텔에 살 각오도 하고 있다니 기특하다. 딸네가 집 살 시기를 놓쳐서 마음이 무거웠는데, 계약한 집이 남향이고 초등학교도 가깝고 도로변이 아니라니 일단 마음이 놓인다. 서울 집값이 미쳤다. 작년보다 1억 이상이 올랐다. 도저히 이해가 안 간다. 집값이 내릴지 더

오를지는 아무도 모른다.

내년 12월이면 선혜네가 새 집에 입주한다. 그 집이 딸네 가족과 좋은 인연이 되었으면 하는 바람이다. (2017.7.14)

사진을 정리하며

그동안 밀린 가족 여행 사진을 정리했다. 여행지에 따라 큰 덩어리로 나누고 제목을 붙여 언제든지 찾아보기 쉽게 작업을 해두었다. 자주 보는 사진은 스마트폰에 저장해두었다.

추억을 끄집어내어 다시 느껴보는 시간이었다. 지나간 시간들은 다 소중하고 그립다. (2017.7.16)

행복

자연은 보는 것으로도 행복하지만 느낄 때 더 행복해진다. 매일 달라지는 자연의 작은 변화를 느끼면 행복하다. 전능하신 하느님의 손길을 느낄 수 있으니까.

가까이 만나는 사람들의 장점을 찾으며 사는 것이 행복이다. 일부러 찾으려 애쓰지 않아도 주변 사람의 장점이 자연스럽게 많이 보이면, 나는 행복한 사람이 된 것이다. (2017.7.17)

소리

소음을 걷어내면
자연의 소리에 귀가 열린다.
새들의 노랫소리.
나뭇잎 흔들리는 소리.
도토리 떨어지는 소리.
바람 소리, 빗소리.
독수리 날갯짓 소리.
다 정겨운 소리들. (2017.7.18)

미국 생활에서 불편한 점

미국 생활에서의 불편함을 꼽으라면 몇 가지가 있다. 첫 번째가 인터넷이다. 미국은 와이파이가 잘 되지 않는다. 두 번째가 거실, 방바닥이 차갑다는 것이다. 온돌 문화에 적응된 나로서는 불편하다. 세 번째가 조명등이다. 미국은 대개 천장에 등이 없다. 주로 스탠드 등으로 조명을 한다. 그래서 보조 스탠드가 일반화되어 있다. 미니멀리즘을 지향하지만 돌매트, 스탠드 등등 살림살이가 필요에 의해서 자꾸 늘어간다. (2017.7.20)

즐거운 야외 미사

매너티 스프링스(Manatee Springs)에서 야외 미사가 있었다. 제대 뒤로 사슴들이 뛰어노는 멋진 풍경을 바라보며 미사가 시작되었다. 하느님이 주신 이 아름다운 자연으로 강론을 대신한다는 말씀에 격하게 공감했다. 점심은 성모회에서 준비한 삼겹살 바비큐 파티. 김치에 깻잎쌈 삼겹살은 환상이었다. 촉촉이 내리는 빗속에서 컵라면과 한국산 믹스커피까지 궁합이 완벽했다. 아이들과 형제님들은 물놀이를 즐기고 자매님들은 수다 삼매경에 빠졌다. 유학 시절 야유회를 왔던 추억의 장소에서 또 다른 추억을 만들었다. 여전히 물은 깨끗하고 차가웠다. (2017.7.22)

어머니의 손맛

한국에서 가져온 말린 곤드레나물과 시래기를 부드러워질 때까지 삶았다. 깨끗이 손질한 곤드레나물을 들기름과 조선간장으로 무쳐 지퍼백에 차곡차곡 넣어 냉동실에 보관해두었다. 밥 지을 때 넣어 곤드레밥을 할 수 있도록 준비해두었다. 시래기는 된장, 멸치 가루, 들깻가루, 마늘을 넣어서 국 끓일 수 있도록 한 끼 분량만큼 지퍼백에 넣어 냉동실에 넣어두었다. 손수 밥해 드시는 스테파노 신부님께서 어머니의 손맛 나물과 시래깃국이 그립다는 말씀을 하셔서 신부님을 위해 준비한 것이다. 오후에 비가 그쳐 오랜만에 기분 좋게 잔디밭을 두 시간 걸었다. (2017.7.23)

텃밭이 주는 행복

집 앞에 심어둔 들깨와 고추가 많이 자랐다. 들깻잎이 아기 손바닥만 해졌다. 아직은 아까워서 따 먹지 못하겠다. 고추도 몇 개달렸다. 부추는 계속 즐거움을 주고 있다. 꽃들도 피고 지고 해서계속 꽃을 보는 재미가 쏠쏠하다. 요한 씨의 정성 덕분이다.

수확한 채소가 밥상에 올라오면 요한 씨가 보람을 느끼나 보다. 그래서 작지만 우리 집 앞에도 텃밭을 가꾼다. (2017.7.25)

수영장에 얽힌 추억

날씨가 더워지면서 하루 종일 햇빛을 받은 수영장 물이 따뜻하다. 해가 진 뒤 수영장에 몸 담그는 것이 요즈음 즐거움이다. 유학시절 땀을 흘리며 테니스 치고 나서 남의 아파트 수영장에 몰래들어가서 수영하고 돌아오곤 했던 기억이 난다. (2017.7.27)

내가 좋아하는 자리

바람이 솔솔 분다.

햇빛도 적당히 비친다.

하늘이 잘 보인다.

꽃 향기, 풀 냄새도 난다.

항상 조용하다, 물 냄새가 난다.

수영장에 있는 나만의 자리

내가 가장 많이 눕는 비치 체어, 바로 내 자리. (2017.7.28)

곰팡이의 습격

매일 비가 와서 걸어둔 옷에 곰팡이가 피었다. 에어컨을 켜서 습기를 제거해주어야 하는데, 에어컨 바람을 워낙 싫어해서……. 설마 곰팡이가 피리라 생각 못 했다. 곰팡이 핀 옷을 빨아 말리느라 하루가 다 갔다. 제습제를 사서 걸어두었다. 외출할 때 에어컨을 켜두어야겠다. (2017.7.30)

보글보글 감자탕

비가 부슬부슬 내리니 차가운 물보다 따뜻한 차가 생각난다. 돼지 등갈비에 감자 넉넉히 넣어서 감자탕을 끓였다. 그동안 길러 온 깻잎과 부추까지 올리고 들깻가루 넉넉히 넣었더니 걸쭉한 국물이 일품이다. 언제 무더웠냐는 듯 기온이 조금씩 내려가서 바닥이 차가워졌다. 양말을 꺼내 신었다. (2017.8.2)

와인 사랑

미국에 와서 많이 즐기게 된 것이 와인이다. 와인의 매력에 푹 빠졌다. 여기 음식이랑 잘 어울린다. 스테이크 같은 고기 음식과도, 피자와도 잘 어울린다. 그리고 절인 올리브, 치즈와 프로슈토 햄과 함께 즐기는 와인도 좋다. 몇 년 전 남편과 남프랑스에 가서 음료수를 주문할 때 생수랑 와인 가격이 똑같은 데 놀랐던 기억이 있다. 미국도 와인 가격이 착해서 마트에 갈 때마다 부담 없이 장바구니에 담는다. 와인 고르는 재미도 있고, 종류별로 골고루 마셔보는 즐거움도 있고. (2017.8.5)

인생의 짐

프란체스카 수녀님이 보내주신 「인생의 짐」이란 글이 오늘의 묵상이다. 지고 가는 배낭이 너무 무거워 벗어버리고 싶었지만 참고 정상까지 올라가 배낭을 열어보니 먹을 것이 가득했다. 사람은 누구나 이 세상에 태어나서 저마다 힘든 짐을 감당하다가 저세상으로 간다. 인생 자체가 짐이다. 부딪치는 일 중에서 짐이 아닌 게 하나도 없다. 이럴 바엔 기꺼이 짐을 짊어지자. 언젠가 짐을 풀 때 짐의 무게만큼 보람과 행복을 얻게 된다. 이 말씀이 좋다. 아프리카 원주민은 강을 건널 때 큰 돌덩어리를 진다고 한다. 급류에 휩쓸리지 않기 위해서다. 무거운 짐이 자신을 살린다는 것을 깨우친 것이다. 나에게 지워진 짐이 주님의 은총임을 깨닫게 하소서.

(2017.8.8)

골프 친구 스탠

골프장에서 새 친구를 만났다. 미국 시니어 PGA에서 프로 선수로 활동했던 스탠이다. 지금은 미국에서 흔히 볼 수 있는 배가 나오고 뚱뚱한 할아버지다. 함께 운동하면서 친해졌다. 유머러

스한 성격이라 함께 있으면 즐겁다. 사람을 웃게 해주고 즐거움을 주는 귀한 능력을 가진 사람이다. (2017.8.9)

언제나 고민되는 영어 공부

영어 튜터를 신청해둔 도서관에서 연락이 왔다. 소셜 믹스(Social Mix) 프로그램에서 튜터와 학생이 서로 만날 수 있는 기회를 주선해준 것이다. 서로 대화를 나누어본 후 튜터를 정했다. 언어 문제로 불편을 겪는 사람들을 위해, 일대일로 영어 지도를 해주는 튜터 프로그램 혜택이 나한테까지 주어졌다. 튜터를 통해 영어에 대한 자신감이 생겼으면 하는 바람을 가져본다. (2017.8.10)

두더지와의 공존

밤이 되면 두더지들이 아파트 땅을 파헤친다. 단지 옆 숲에서 온 모양인데, 여기저기 땅을 파헤쳐 심어둔 채소랑 꽃들을 망가뜨린다. 낮이 되면 숨어버려서 두더지랑 숨바꼭질을 해야 한다. 그

괘씸한 녀석들 때문에 채소와 꽃을 화분으로 다 옮겼다. 두더지는 화분은 건드리지 않는다. 이제 두더지가 땅을 파도 더 이상 신경이 안 쓰인다. 두더지와 더불어 살아갈 수 있는 해결책을 찾았다.

(2017.8.11)

든 자리와 난 자리

가을학기가 시작되면서 한국에서 방문교수로 두 가족이 왔다. 전북대학교와 경상대학교에서 오셨다. 새로운 가족이 네 가구 늘었다. 그리고 초롱 씨 가족과 작별 인사를 했다. 다음 주 한국으로 돌아간단다. 우리도 미국 생활 두 학기째이다. 1막이 끝나고 2막이 시작되었다. 시간이 빨리 지나감을 다시 느꼈다. 자주 보던 분들이 한국으로 돌아가 안 보이니 빈자리가 크게 느껴진다. 새로 오시는 분들로 채워지겠지. 여기 사시는 교포분들의 마음을 알 것 같다. 정들면 떠나고, 새로운 사람을 만나 적응해야 하고……

(2017.8.12)

주님, 저의 부족함을 용서해주소서

한 달 이상 묵주기도를 쉬고 있다. 기도는 하느님을 향해 마음의 문을 열고 대화하는 것이다. 하느님에 대한 서운함을 대화 단절로 시위하고 있다. 나는 왜 계속 요구만 하고 서운해하는 걸까? 주님, 저의 부족함을 용서해주소서.

'너희는 길이길이 주님을 신뢰하여라! 주 하느님은 영원한 반석이시다.' 이사야 26장 4절 말씀이시다. (2017.8.14)

아들을 기다리며

내일이면 아들 용재가 온다. 용재는 한국에서 2년 8개월간 석사과정을 마치고 영화 쪽 일을 했다. 이제 미국에서 뿌리를 내려야 하는 큰 숙제를 안고 온다. 그사이 미국에 많은 변화가 생겼다. 최근 부동산 가격과 물가가 많이 뛰었다. 경기는 좀 풀렸다고 하는데. 용재가 하고 싶은 일을 하고 살 수 있는 기회가 주어지길 간절히 바랄 뿐이다. (2017.8.16)

튜터와의 만남

오늘 튜터와 첫 만남이다. 헤일 플랜테이션 옆에 있는 타워로드(Tower Road) 도서관에서 만났다. 이름은 도널드이다. 닥터 도널드(Dr. Donald)라고 부르면 된다. 보스턴에서 태어났고 열여섯 살때 마이애미로 와서 지금까지 플로리다주에서 살고 있다. 스페인어로 박사학위를 받았고, 언어에 관심이 많아서 몇 개 국어를 배웠다고 했다. 젊을 때 스페인어 교사였다고 했다. 먼저 닥터 도널드가 오늘 스페인 바르셀로나에서 차량 테러가 일어나서 30명 정도 사상자가 있었다는 걱정스런 소식을 전했다. 나는 스페인에 여행 다녀온 이야기로 대화를 이어갔다. 말이 잘 안 되면 스마트폰에 담긴 여행 사진을 보여주며 대화를 이어나갔다. 도널드의 발음이 정확해서 알아듣기 편했다. 성의껏 열심히 해주셨다. 미국에 있는 동안 내가 영어 회화를 배우는 데 도움이 될 것 같다. 좀 더 준비를 해서 가면 대화가 더 자연스럽게 이어질 것 같다. 용재가 LA 공항에 도착했다고 연락이 왔다. 주님, 오늘 하루 베풀어주신 은혜 감사합니다. (2017.8.17)

일출과 일몰

해 뜨기 전 집 앞 산책로에 나서면 장엄한 일출을 볼 수 있어 좋다. 해님이 조금만 고개를 내밀어도 하늘이 붉게 물들며, 태양의 강렬한 에너지를 느낄 수 있다. 대자연의 위엄을 가까이에서 느낄 수 있음에 감사했다. 일몰 때도 마찬가지다. 해가 지평선까지 떨어진 후에도 오랫동안 태양의 에너지가 남아 노을이라는 멋진 선물을 누린다. 멋진 노을처럼 나이 들고 싶다. (2017.8.18)

인내가 지혜다

오늘 복음 말씀, '아, 여인아! 네 믿음이 참으로 크구나!' 예수님께서 이교도 지역인 티로와 사론 지방에서 가나안 여인의 절박한 소원을 듣게 된다. 이방인 여인은 구세주의 능력을 온전히 신뢰하여 딸의 치유를 끈질기게 간청했다. 그 여인은 식탁의 빵 부스러기 같은 은총도 마다하지 않았다. 그래서 예수님께서는 그 여인의 믿음을 칭찬하셨고, 한 어머니의 커다란 믿음으로 딸이 악의 세력에서 해방되어 치유되었다. 큰 믿음과 인내가 지혜라는 신부님의 말씀이 가슴으로 전해졌다.

사람은 고통과 속박이 클수록 좌절과 원망을 한다. 간절히 원할 때 큰 믿음과 긴 인내가 문제를 해결할 수 있는 힘이 된다. 그래서 인내가 지혜라는 말씀을 가슴에 담았다. 긍정이 지혜다. 인내가 지혜다. 긍정적으로 인내하는 삶이 지혜롭게 사는 모습이 아닐까? (2017.8.19)

우주쇼

개기일식이 있었다. 미국에서 99년 만에 있는 우주쇼이다. 많은 사람들이 들떠 있었다. 개기일식을 관측할 수 있는 주에서는 호텔 예약이 벌써 끝났다고 방송에서 야단법석이다. 직접 보면 시력을 잃을 수 있으니 꼭 안경을 끼고 보란다. 하지만 안경이 다 팔려서 살 수가 없다. 3시경 해와 달이 80% 겹쳐졌다. 잠깐 어두워졌다. 직접 해는 보지 못했다. 친구가 메신저로 사진을 보내줘서 보았다. 우주는 신비롭다. (2017.8.21)

감추어진 물건

대청소를 했다. 아들이 쓸 방도 정리하고 옷장도 비웠다. 옷장 위에 올려두었던 스케치북이랑 색연필이 눈에 띄었다. 기억 속에서 지워져 감추어져 있었던 물건들……. 먼지를 털어내고 눈에 잘 보이는 곳으로 자리를 옮겼다. 불현듯 스케치하고 싶을 때를 위하여. (2017.8.22)

탬파 공항

탬파 공항으로 아들 용재를 마중 나갔다. 오래전 생후 8개월의 선혜랑 처음 올 때 탬파 공항으로 왔었다. 밤에 도착해서 기억이 나지 않지만, 다시 탬파 공항에 와보니 감회가 새롭다. 바다를 끼고 있는 아름다운 공항이다. 오후 4시, 용재가 도착했다. 8개월간 헤어져 있었는데 한눈에 봐도 살이 많이 쪄 있었다. 직장 스트레스로 몸무게가 7~8킬로그램이나 늘었단다. 반갑기도 했지만, 마음이 무겁다. 아들은 해결해야 할 무거운 짐을 가득 가지고 왔다. 일자리도 구해야 하고, 살도 빼야 한다. 나에게 다가와 오랜만에 보니 너무 좋다고 하면서 살며시 손을 꼭 잡았다. 무겁던 마음이

사르르 가벼워졌다. 주님, 아들 용재랑 함께하는 시간이 은총의 시간임을 알게 하소서. (2017.8.24)

가족회의

가족회의를 통해 일을 분담하기로 했다. 아침, 점심 설거지와 청소기 돌리기는 아들이 하고, 나는 점심, 저녁 식사 준비와 화장실 두 곳 청소를 하고, 남편은 아침 식사, 청소 시 바닥 닦기와 저녁 설거지를 맡았다. 함께 있는 동안 서로 불편하지 않도록 각자 맡은 일을 잘 하자고 약속했다. 가족회의 때 용재가 영화 관련 공부를 더 하고 싶다는 이야기를 꺼냈다. 많이 고민한 결정이어서 존중해주기로 의견을 모았다. 매주 일요일 가족회의 시간을 갖기로 했다. (2017.8.25)

신앙의 첫걸음

가톨릭에서 세운 대학에 다니면서 자연스럽게 교리 시간에 성경을 접하고, 교리 지도해주신 수녀님의 단아한 모습과 말씀에 반해서 가톨릭에 대한 좋은 감정을 가지게 되었다. 요한 씨를 처음 만나 가톨릭 신자라는 데 더 좋은 점수를 주었고, 결혼을 앞두고 세례를 받았다. 시어머님께서 요안나로 세례명을 정해주셔서 본명이 요안나가 되었다. 어쩌다 어머님께서 전화하셔서 요안나라고 부르면 누굴 부르는지 잠시 어리둥절해할 정도로 나에게 어색한 이름이었다. 남편이 나에게 자주 하는 농담이 본인이 신앙을 인도해서 영혼을 구원해주었고, 노처녀를 구해주어서 육체도 구원해주었다고 큰소리치는 것이다. 나의 신앙 생활의 인도자는 남편 요한 씨다. (2017.8.26)

가을이 오는 소리

▲▲▲ 시다 키의 바다 풍경

▲▲ 존스빌 감 농장

▲ 미식축구 경기장

▲▲플로리다대학 홈커밍데이 퍼레이드
▲유기농마트의 가을

▲▲▲ 집 앞의 할로윈 장식

▲▲ 아바나 시내(쿠바)

▲ 추수감사절 만찬

나누고 베푸는 삶

베풂도 준비된 자만이 할 수 있다. 준비는 마음가짐이라 생각된다. 내가 만난 튜터 도널드와 프로골퍼 스탠은 재능 기부를 하면서 베풂을 실천하는 사람들이다.

부자라서 베풂을 실천하는 것이 아니다. 마음이 부자라야 베풂을 실천할 수 있다. 나도 나누고, 베풀고, 그 안에서 행복을 찾는 삶으로 살아가는 나의 모습을 항상 꿈꾼다. (2017.9.1)

게인스빌에서의 신앙 생활

게인스빌 공동체는 신자 수는 적어도 알차게 잘 굴러가고 있다. 덕분에 우리 부부도 외롭지 않고 따뜻하게 생활할 수 있었다.

요한 씨는 유아 세례를 받았다. 성당 가는 것을 학교 가듯이 다닌다. 어쩌다 일이 생겨 주일 미사에 참석 못하는 것을 받아들이

지 못한다. 신앙 생활을 열정적으로 하는 것은 아니다. 그냥 주일을 지키는 것이 몸에 밴 오래된 습관이다. 게인스빌에 와서 내가 마귀의 유혹을 했다. 신앙 생활도 안식년이라고. 그러다가 원 크리스티나가 한인 공소에 함께 가자고 제의해 왔을 때 성당 장소나 알아두자는 마음으로 따라갔다. 신부님 강론 듣고 자연스럽게 고백성사 보고 매주 주일을 지키게 되었다. 신부님 말씀이 반짝반짝 빛나는 보석 같았다. 주일 미사에 참석하고 돌아올 때는 참 기쁘다. 말씀으로 한 주간 주님 안에서 살아갈 수 있도록 이끌어주신다. 진리는 찾는 것 아니고 마음이 고요해지면 드러난다. (2017.9.2)

북한 핵 실험 뉴스를 보고

북한에서 6차 핵 실험을 했다. TV에서는 하루 종일 북한 김정은에 대한 방송뿐이다. 세계가 한 목소리로 북한 핵 실험을 규탄하고 있다. 곧 강력한 제재가 있을 것이 분명하다. 앞으로 우리나라가 어떻게 될지 참 걱정이다. 트럼프 대통령은 북한과 모든 무역을 중지하라고 각 나라에 요구했다. 특히 중국에게는 북한에 보내고 있는 석유 공급을 막으라고 하고 있다. 경제가 어렵고 궁지에 몰리면 북한이 어떻게 나올지 궁금하다. 미국에 살고 있지만

우리나라가 어수선하면 내 마음도 어수선하다. (2017.9.3)

저마다의 십자가

　남편이 논문 때문에 상당한 스트레스를 받고 있다. 새벽 3시에 일어나서 논문 마무리에 열중하느라 잠을 제대로 못 자고 있다. 나도 덩달아 잠을 설친다.

　지난주 신부님 강론 말씀이 생각난다. 학생들은 시험이 십자가이고, 신부님은 강론이 십자가이다. 하지만 시험 없는 학생은 학생이 아니고 강론이 빠지면 신부님이 아니다. 교수들은 논문이 십자가인 것 같다. 그 십자가에서 본인의 정체성을 찾을 수 있고 살아가는 힘이다. 십자가는 은총이다. 이 시간이 요한 씨에게도 은총의 시간이 되길……. (2017.9.6)

흰머리

　흰머리가 올라오면 원수같이 생각된다.

가려도 가려도 올라오는 흰머리들.

내가 졌다! 흰머리 그대로 보려고 노력할게.

거울 속에 비친 내 얼굴이 내 모습이지.

늙어 보이는 것이 흰머리 탓만은 아니지.

처진 피부와 주름살도 막을 수 없는 세월 탓이지.

젊어지려는 노력 그만하고 그냥 있는 그대로 받아들일게.

웃음으로 주름진 얼굴 뒤에 편안함이 묻어나는 인상으로 나이 들도록 노력할게. (2017.9.8)

태풍 전야

허리케인 어마가 카리브해를 거쳐 플로리다를 지나간다고 방송이 알리고 있다. 전기와 수도가 끊길 수도 있으니 대비하라는 문자도 계속 온다. 식료품 가게에 가서 생수와 비상식량을 사 왔다. 휴스턴시 3분의 2가 물에 잠긴 모습이 연일 방송을 타고 있으니, 플로리다는 더 예민하게 반응하는 것 같다.

태풍 전의 고요함이 이런 걸 말하는가, 오늘은 바람 한 점 없이 고요하다. 내일 모레 새벽에 허리케인이 이곳을 지나간다니 미리 빨래도 해두고 냉동실에서 마른 음식을 빼고 생수 여러 통을 얼려 두었다. 전기가 나가면 얼음 대신 쓰기 위해서다. 손전등과 양초도 준비해두었다. 자동차 기름도 대부분 매진되어 주유소에서 한 시간 줄 서서 기다려 가득 채웠다.

무사히 태풍이 지나가기를 바랄 뿐이다. (2017.9.9)

허리케인 파티

미국에는 허리케인 파티란 게 있다. 비교적 안전한 높은 지역에 사는 집이 저지대에 사는 사람이나 혼자 사는 사람들을 초대해서 함께 모여서 여유 있게 술 마시고, 이야기 나누면서 함께 허리케인 지나가는 상황을 살피고, 그 집에서 잔다. 매년 오는 태풍을 넘기는 지혜인 것이다. 재해마저 여유 있게 보내는 모습이 인상적이다. 이 교수님 댁이 지대가 높아서 퍼거슨 교수님이랑 혼자 사는 저널리즘 박사과정 학생들과 함께 보내자고 연락이 왔었다.

우리는 집에서 영화 몇 편을 보면서 보내기로 했다. 그동안 못 본 〈군함도〉와 〈옥자〉를 보면서 한가한 시간을 보냈다. 한국에서 가족, 친구, 대녀, 성당 식구들로부터 걱정하는 문자가 계속 왔다. 오히려 한국에서 더 심각하게 보도되었나 보다. 가족, 친구들, 한국에서 조금이라도 아는 분은 다 걱정하며 연락을 주었다.

누군가 나를 기억해주는 이가 있다는 것은 참으로 고마운 일이

다. 행복한 일이다. "괜찮은 거지? 별일 없지?" 그 말들이 감사하다. (2017.9.10)

어마가 지나간 뒤

허리케인 어마는 새벽에 게인스빌을 지나갔다. 우리 집 피해는 전화가 잠깐 끊기는 정도였다. 그리고 집 앞 잔디밭이 잠겨 호수가 되었다. 지대가 낮은 지역은 도로가 침수되었다. 강한 바람에 큰 나무가 많이 넘어졌다. 학교, 식료품 가게, 은행, 식당들이 모두 문을 닫았다. 생각보다 게인스빌도 허리케인 피해가 크다. 우리 동네는 전기가 나가지 않아서 다행인데, 옆 동네 헤일 쪽은 전기가 나가서 복구 중이다.

아직도 전화기는 불통이다. 헬스장에 갔더니 물이 안 나오는 지역 주민들을 위해 무료로 사우나를 사용할 수 있다는 안내문을 붙여두었다.

허리케인이 오기 전부터 방송사에서는 계속 재난 방송을 내보내고 모든 시민들이 철저히 대비한다. 소속되어 있는 단체, 학교, 성당, 아파트 사무실에서도 문자가 오고, 무엇무엇을 준비해야 하는지 리스트를 보내주었다. 미국인들이 재해에 대비하고 복구, 수습하는 모습을 보면서 느끼는 점이 많다. (2017.9.11)

아바타 파크에서 나비족이 되다

디즈니에서 최근에 만든 아바타 파크가 궁금해서 애니멀 킹덤
에 갔다. 외관은 그리 놀랍지 않았다. 1시간 30분 이상 줄을 서서
아바타 4D관에 들어갔는데 놀라웠다. 4년에 걸쳐 만들어졌다는
데, 최첨단 4D 기술력을 유감없이 보여주었다. 영화 〈아바타〉에
나왔던 장면을 직접 체험해보았다. 내가 나비족이 되어 절벽을 날
아다녔다. 달릴 때는 직접 바람도 맞았고 폭포를 지날 때는 물을
맞았다. 아름답고 신비로운 세계를 경험할 수 있었다.

저녁에 비가 와서 서둘러 나왔다. 용재는 아바타 4D 체험이 아
쉬웠는지 한 시간 이상 비를 맞으며 줄을 서서 한 번 더 체험하는
열정을 보였다. 영화 쪽 일을 하는 아들한테는 더 의미 있는 시간
이었을 것이다. (2017.9.14)

어둠과 빛

요한 씨는 일찍 일어나서 논문 마무리 작업을 하고 있다. 나도
덩달아 일어나니 새벽 5시다. 모처럼 새벽 공기를 마시며 동네 산
책을 했다. 묵주 5단을 바쳤다. 지금 나에게 지워진 짐이 주님의

은총임을 알게 해주십시오. 어둠에 싸인 우리 마을은 어쩐지 으스스했다. 차츰 날이 밝아 오면서 다시 평화로운 마을로 다가왔다. 어두움과 빛을 경험했다. (2017.9.16)

오늘의 묵상 빛은 어둠을 극복할 힘을 지니고 있다. 세상을 살아가게 하는 사랑의 힘을 누구에게서 받고 있는지 자문해본다. 주님께서는 우리의 어둠을 사랑의 온화한 빛으로 감싸주신다. 주님을 마음으로 받아들이는 사람은 어둠 속을 헤매지 않고, 그 삶 또한 밝고 행복해진다. 또한 우리의 죄나 허물을 없애주시어 우리의 모든 것이 주님으로 말미암아 빛이 되게 하신다.

아들은 요리 박사

용재랑 함께 시장에 가면 재미있다. 용재가 요리에 관심이 있어서 다른 나라 조미료와 식재료에 대해 잘 알고 있으며, 설명을 잘 해준다. 여기 생선은 손질을 해서 흰 살 부분만 나오니 무슨 생선인지 알 수가 없는데 용재가 즉석에서 찾아서 알려준다. 쇠고기 부위에 대해서도 아들 덕에 많이 알게 되었다. 덕분에 식재료를 여러 가지 시도해볼 수 있어서 좋다. 이곳 요리법은 아들한테 많이 배운다.

맷돌로 간 거친 옥수수 가루인 그리츠(grits)를 죽처럼 끓여서 우유랑 버터를 넣었다. 새우를 손질하여 소금, 후추로 간을 해서 올리브 오일에 마늘과 함께 구워서 그리츠 위에 올리니 훌륭한 요리가 되었다. (2017.9.22)

인생의 무게

미사 중 반주자 동진 씨가 반주에 맞춰 조용히 노래를 불렀다. 〈인생의 무게가 느껴질 때〉를 부를 때는 목이 메어 성가를 겨우 이어갔다. 신자들도 함께 흐느꼈다. 각기 다른 인생의 무게를 느끼며 함께하는 순간이었다. 우리가 지고 가는 크고 작은 짐들이 우리들 인생에 중심을 잡아주는 역할을 해주길 기도했다. (2017.9.23)

오늘의 묵상 힘든 일이나 고통을 남에게 드러내지 않고 혼자 감당해야 한다는 생각은 자신에게 더 큰 상처를 준다. 다른 사람의 도움 없이 모든 것을 혼자 감당하려고 할 때 외로움과 슬픔은 더욱 깊어진다. 고통이나 슬픔, 병이나 약함은 혼자 짊어져야 하는 짐이 아니다. 고통이나 약함을 통하여 우리는 자신이 누구인지 알게 된다. 우리는 고통이나 슬픔을 함께 나누면서 살아가야 한다.

서툰 게 사냥

오후에 시다 키로 게를 잡으러 갔다. 닭고기를 묶은 통발을 바다 속에 넣고 기다렸지만 게란 녀석은 닭고기만 먹어치우고 잡히지 않았다. 통발 자리를 옮겨보았지만 여기서도 닭고기만 먹고 달아났다. 욕심만 앞서고 요령 부족이라 게 구경을 못 했다.

강태공을 만났는데, 게를 많이 잡아 통에 담아두었다. 모두 오전 썰물 때 와서 잡은 것이라고, 오후에는 밀물이 되어서 게가 안 잡힌다는 이야기를 해주었다. 물이 많이 차면 잡기가 어렵다. 다음에는 아침 일찍 썰물 때 와서 한 번 더 게를 잡아야겠다. 모든 것이 다 경험과 노하우가 필요하다. (2017.9.24)

도토리묵

한국에서 가져온 도토리 가루를 물에 몇 시간 불려두었다가 체에 받쳤다. 반죽이 차지게 될 때까지 나무주걱으로 팔이 아프도록 오래오래 저었다. 도토리묵은 10년이 넘도록 집에서 항상 만들어 먹는 음식이다. 프란체스카 수녀님이 대전신학교에 계실 때 매일 뒷산에 올라가셔서 주워온 도토리를 갈아서 만든 앙금을 보내주

시곤 했기 때문이다. 이것으로 도토리묵을 만들어 맛있게 먹은 기억 때문에 그 후로 직접 만들어서 먹는 게 습관이 되었다.

오늘은 도토리묵을 채로 썰어 김치 올리고 멸치 육수에 말아 먹는 호사를 했다. 가족이 함께 만들면서 그 과정이 얼마나 힘들었는지 아니까 더 맛있게 먹었다. (2017.9.26)

가을보다 먼저 익은 감

가을이 왔나 보다. 더운 날씨인데도 감이 맛있게 익었다. 집에서 30분 거리에 있는 감 농장(Jonesville Persimmon)에 가서 단감과 홍시를 넉넉히 사 왔다. 홍시가 아직 안 된 감을 집에 두면 하나씩 홍시가 된다. 골라 먹는 재미가 쏠쏠하다.

감은 추억의 음식이다. 어릴 때 매년 가을이면 청도에 사시는 할아버지께서 넉넉히 보내주신 홍시와 밤을 배불리 먹었던 좋은 기억이 있다. 매년 풍성한 이 시기가 좋다. (2017.9.28)

영화 〈택시운전사〉를 보고

아들이 영화 〈택시운전사〉를 틀어주었다. 광주민주화운동을 사실 그대로 만든 영화였다. 알고 있는 내용이지만 우리 국군이 국민을 향해 총을 쏘아대고, 그 총에 시민들이 맞아 쓰러져 죽는 슬픈 현실에 경악했다. 당시 언론 보도를 통제하고 있어서 광주 밖 시민들은 무슨 일이 일어나고 있는지 몰랐다. 밑도 끝도 없는 유언비어만 난무하던 시절이었다. 부끄럽게도 독일 기자를 통해서 광주민주화운동이 세계에 자세히 알려진 것이다.

미국 유학 시절 독일 기자가 찍은 비디오를 돌려서 본 적이 있었다. 비슷하게 다시 각색된 것 같다. 영화를 통해 다시 한 번 뼈 아픈 과거를 돌이켜보았다. 지나온 길은 덮으려고 해도 덮어지지 않는다. 가지 말아야 할 길은 가서는 안 된다는 교훈을 되새겼다.

아들이 오고 우리 생활도 훨씬 풍요로워졌다. 기계치인 우리 부부가 할 수 있는 것이 많지 않은데 아들이 오고 많은 변화가 있다. 한국에서 잘 만들어진 영화가 개봉하면 챙겨 보는 편이다. 이곳에서도 아들 덕분에 올해 만든 영화 중 평이 괜찮은 영화는 웬만큼 다 봤다. 아들이 영화 분야 일을 하고 있기도 하지만 우리 부부 취미가 좋은 영화 보는 것이다. 잘 만든 영화는 안 보면 손해 아닌가. (2017.9.29)

추석 차례 미사

성당 뒤편 공원에서 바비큐 파티가 열렸다. 방문교수로 새로 오신 교수님과 학생들을 위한 환영회 겸 추석 야외 행사이다. 역시 우리 입맛에는 돼지고기 삼겹살을 구워서 상추, 깻잎, 마늘, 풋고추 올려 먹는 게 최고다. 잔디밭에서 어린 아이들은 호스로 물을 뿌리며 물놀이 하고, 조금 큰 남자아이들은 축구를 한다. 참 좋다. 넓은 땅에서 마음껏 놀 수 있어서다.

제대 앞에 조촐하게 차례상을 차리고, 합동 차례 미사를 드렸다. 미사 후 송편, 전, 과일 등을 나누고 이른 저녁 식사를 했다. (2017.9.30)

총기 난사 사건

라스베이거스에서 총기 난사 사건이 일어났다. 호텔 32층에서 길 건너편 야외 콘서트장을 향해 총기를 난사해, 58명의 사망자와 550명의 부상자가 나왔다. 미국 역사상 최악의 총기 사건이다. 그 끔찍한 사건은 모든 사람을 경악하게 했다. 범인은 그 자리에서 자살했다. 60대 백인이었다. 도저히 이해할 수 없는 사건이다.

개인이 총기를 합법적으로 소유할 수 있어서 이런 어마어마한 사건이 일어난 것 같다. 우울한 하루다. 고통의 신비 5단을 바쳤다. (2017.10.2)

영화 〈아바타〉를 보고

오래전 본 영화인데 지난번 올랜도 애니멀 킹덤 판도라관을 다녀온 후 다시 보고 싶은 영화 〈아바타〉를 보았다. 대작 〈터미네이터〉와 〈타이타닉〉을 감독했던 제임스 카메론 감독의 또 다른 역작이다. 〈아바타 2〉를 계획하고 있다고 하니 기대된다. 창의적인 줄거리와 상상력, 나비족 캐릭터 등은 다시 봐도 놀랍다. 영화에 빠져 있는 아들이 조금 이해된다. 판도라 행성 나비족과 지구인의 전쟁을 보면서 미국이 개척 시대에 평화롭게 사는 인디언들을 총칼로 몰아내고 넓은 땅덩어리를 차지한 모습이 오버랩되는 것은 왜일까? (2017.10.4)

플로리다대학 축제날

오늘이 플로리다대학 홈커밍데이(Home Coming Day) 게인스빌 잔칫날이다. 우리 가족도 이날을 위해 준비해둔 파란 'Florida Gators' 티셔츠를 입고 퍼레이드를 구경하러 갔다.

대부분 주황이나 파란색 옷을 입고 참가했다. 학교 동아리를 비롯해 초·중·고등학교, 그리고 여러 기관들이 총동원되었다. 150개 팀 정도가 참여했는데 퍼레이드가 두 시간 정도 이어졌다. 미스 플로리다, 미스 게인스빌을 비롯한 치어리더들의 댄스타임 등 많은 볼거리가 있다. 특히 동창회 밴드(Alumni Band) 할아버지들의 유쾌한 댄스는 모두에게 폭소를 선사했다.

이 교수님 딸 메리도 퍼레이드에서 보았다. 어린이들에게는 좋은 추억으로 남을 것이다. 오래전 선혜랑 함께 퍼레이드를 보던 기억이 생생하다. (2017.10.6)

열정의 풋볼 시합

풋볼 경기가 홈경기로 열리는 날이다. 여기 사람들의 풋볼 사랑은 대단하다. 유학 시절 시즌 티켓을 사서 참석한 적이 있다.

"Go Gators!"를 외쳤던 기억이 난다. 이번에도 그 열기를 느껴보기 위해서 표를 알아보았다. 우리 가족 셋이 나란히 앉을 수 있는 좌석은 최소 1인당 200달러가 넘었다. 상대팀이 강팀이면 가격은 더 올라간다. 가격이 부담스러워 우리 부부는 양보하고 아들만 풋볼 경기장에 가는 걸로 합의했다.

아파트 사무실에 대형 TV가 놓이고 음료랑 음식이 차려졌다. 입주민들이 함께 풋볼을 관람할 수 있도록 배려한 것이다. 여기 살면 자연스럽게 젊음과 힘, 박진감이 느껴지는 미식축구에 관심을 가지고 그 매력에 빠지게 된다. 오늘 시합 상대는 루이지애나 주립대 팀이다. 풋볼을 잘하는 강팀이다. 홈경기여서 관중석이 빼곡하고 원정팀 좌석도 빼곡하다. 원정 응원단이 많이 왔나 보다. 아쉽게도 17대 16으로 졌다. 터치다운 후 골 타겟 보너스를 찰 때 실수로 넣지 못해 동점을 만들 기회를 놓쳤다.

게임이 끝나고 University Ave와 13번가 중심도로는 주차장이 되었다. 저녁 미사 마치고 집으로 돌아오는 길이 엄청 막혔다. 한국의 2002년 월드컵 때가 연상되었다. (2017.10.7)

추억의 곰국

마트에 가니 고기가 붙어 있는 소뼈와 소꼬리뼈를 아주 싼 가격으로 팔고 있다. 유학 시절 생활비가 떨어지면 소뼈를 넉넉히 넣어서 푹 고아 곰국을 만들어 몇 주를 버티던 날들이 많았다. 몸보신도 하고 생활비도 절약하고 우리에게 고마운 음식이었다. 요즘도 마트에 싸게 고기 붙은 뼈가 나오면 유학 시절 생각이 나서 그냥 지나치질 못한다.

고기가 넉넉히 붙은 부위를 사다가 갈비탕을 끓였다. 한국에서보다 게인스빌에서 고기 먹는 날이 많아졌다. (2017.10.9)

영화 〈해리 포터〉를 보고

〈해리 포터〉 1편을 봤다. 아들 덕분에 그동안 못 본 영화들을 보는 시간을 많이 가져서 좋다. 원작소설 8권을 다 읽고 영화도 8편까지 보는 용재의 열정을 보면서 궁금했다. 도대체 어떤 내용이기에 저렇게 좋아하나? 〈해리 포터〉는 영국의 작가 조앤 롤링의 베스트셀러 소설을 크리스 콜럼버스 감독이 영화화한 것이다. 흥미로운 마법과 판타지 세계를 경험해보았다. 어린 시절 상상의 나래를 펴보았던 것들이 직접 눈앞에서 영상으로 펼쳐졌다. (2017.10.11)

가을꽃을 보며

아침 7시가 지나도 어두움이 남아 있다. 산책로를 반 정도 걸어야 비로소 날이 환해진다. 해가 많이 짧아졌다. 묵주기도가 끝날 때는 동쪽 하늘에서 하루 시작을 알리듯 붉은 해님이 고개를 내민다. 오늘 하루를 허락하신 주님께 감사기도를 한다.

요한 씨가 로이스에 가서 가을꽃 화분을 사다가 집 앞에 심어두었다. 외출하고 돌아오면 국화, 디안투스 꽃들이 반겨준다. 꽃 기르는 즐거움이 쏠쏠하다. 집 앞 화분 정리를 해서 깔끔해졌다. 돌멩이 하나 풀 한 포기에도 의미가 있다. 하느님의 모상인 우리가 얼마나 소중한 존재인지 다시 한 번 느껴진다. (2017.10.12)

미국인들의 비만

미국 사람들은 어릴 때는 날씬하고 인형처럼 예쁘다. 청소년기까지는 TV에서나 봄직한 멋진 미모와 늘씬한 몸매를 자랑한다. 하지만 30대가 지나면서 살이 찌기 시작해서 50% 이상이 뚱뚱해진다. 더 나이가 들어가면서 고도 비만이 되는 사람이 너무 많다. 동양인들은 비교적 날씬한 몸매를 유지해서 나이가 들면 몸매가

역전된다. 미국에서도 심각성을 알고 패스트푸드 식당에서 콜라 등 탄산음료 대형 컵을 제한하는 등 조치를 취하고 있지만, 심각할 정도로 고도 비만이 많다. 아마도 식생활에 문제가 많은 탓 같다. (2017.10.13)

식생활이 문제다

내가 만난 미국 사람들은 집에서 음식을 잘 만들지 않고, 마트에 파는 즉석 냉동식품을 데워서 먹든지 아니면 외식을 많이 한다. 음식이 대체로 너무 짜든지 달다. 그리고 먹는 양이 엄청나게 많다. 이곳 레스토랑 음식량은 엄청 많아서 우리 가족이 외식하면 반은 남겨서 박스에 포장해 오곤 한다. 그리고 후식으로 아주 단 케이크를 먹는다. 패스트푸드와 탄산음료도 살찌는 데 한몫을 한다. 그래서 성인이 되면 대부분 뚱뚱해진다.

프로골퍼 스탠이랑 몇 번 식사할 기회가 있었다. 스탠은 중국 음식을 먹을 때도 콜라를 시켜 몇 번이나 리필을 했다. 웃으면서 자기 배를 가리키며 곧 아기가 나올 거란 농담을 하기도 한다.

그리고 이곳 레스토랑에서는 식사 전 음료수 주문부터 받는다. 대부분 탄산음료나 맥주, 와인, 커피 중 하나를 시키게 된다. 그 다음에 음식 주문이 들어간다. 그냥 물 마시겠다고 하면 왠지 눈치가 보여서 간혹 원하지 않는데도 불필요하게 음료수를 시킨 경험이 여러 번 있었다. 나의 개인적인 생각으로는 건강을 위해서 많은 개선이 필요해 보인다. (2017.10.14)

합동 야외 미사

잭슨빌에 있는 작은 섬 탈봇섬주립공원(Talbot Island State Parks)에서 우리 본당 잭슨빌 가족과 공소 게인스빌 가족의 합동 야외 미사가 있었다. 11시에 미사가 시작된다. 게인스빌에서는 공원까지는 2시간 30분 걸린다. 바다 가까이 우리 성당 가족들이 모여 미사 준비를 하고 있었다. 야외에 나오면 강론은 아름다운 자연이 대신한다. 퇴장 성가는 〈세상은 아름다워라〉. '오! 아름다워라! 찬란한 세상 주님이 지었네. 오! 아름다워라! 찬란한 세상, 주님과 함께 살아가리라'라는 가사가 잘 어울렸다. 미사 후에는 잭슨빌 가족들의 정성이 느껴지는 시푸드 보일 해산물 요리가 준비되어 있었다. 새우, 홍합, 감자, 옥수수, 소시지를 넣어 만든 요리로 남부 루이지애나 지방색이 잘 드러난 음식이다. 우리 입맛에도 잘 맞는다.

조용하고 확 트인 대서양 해변에 우리 성당 가족뿐이다. 아이들이 바다에서 뛰어다니며 게나 고기를 잡고 논다. 그 모습이 아름답다. 잭슨빌 본당 가족들은 우리 게인스빌 공소 가족을 참 정성껏 챙겨준다. 항상 고맙다. (2017.10.15)

부러운 사람들

골프장 가면 항상 만나는 그룹이 있다. 60, 70대 교포 할머니들인데 오전 10시경에 나와서 전반 9홀 운동하시고 클럽하우스에서 점심 식사를 하시고, 후반 9홀 운동하시고 3시경 헤어진다.

최고의 노후를 보내고 계시는, 내가 부러워하는 분들이다. 매일 만나는 친구도 있고, 매일 운동을 해서 건강하고 젊어 보인다. 젊을 때 열심히 사신 결과 얻은 노후의 행복이다. 골프가 싼 미국에서 누릴 수 있는 특혜다. (2017.10.17)

결혼기념일

기온이 뚝 떨어져 아침 산책 때 패딩을 입었다.

오늘이 36번째 결혼기념일이다. 그동안 우리 부부 아프지 않고 지금까지 지낸 세월 주님의 은총임을 감사하며 묵주기도를 바쳤다. 요한 씨가 선물한 장미꽃이 고맙다.

긴 세월 남편의 자리에서 최선을 다해준 요한 씨. 항상 옆에 있으니 소중한 줄 모르고 살아온 세월이었다. 감사한 마음으로 좀 더 소중하게 챙기고 사랑하며 살아야겠다. (2017.10.18)

백인우월주의자

오늘 대학 주변이 평소와 달랐다. 많은 경찰이 나와서 일부 도로를 막고 헬리콥터가 계속 학교 주변을 돌아다녔다. 학교 공연장에서 백인우월주의자 디드의 강연이 있단다. 학교에서는 원하지 않았지만 스피치 자유를 내세워 강연을 요구했다고 학교 스태프들에게 이메일이 왔다. 학교에서 우려하는 것은 백인우월주의자와 반대쪽 유색인종 사람들과의 충돌이다. 조심하라는 내용이다. 세상이 참 이기적으로 가고 있다. 미국의 트럼프 대통령도 '미국이 먼저다(America First!)'를 외치고 있으니 백인우월주의자들이 큰 목소리를 내고 있다.

하느님 보시기에 어떤 모습일까? 부자 나라가 가난한 나라를 돕고, 힘이 있는 나라가 약자를 보호하던 시대에서 지금은 많이 다른 방향으로 가고 있는 것 같다. 힘이 있어야 살아남고, 힘이 최

고가 된 세상이 되어가고 있다. 슬픈 일이다. (2017.10.19)

그리운 수산시장

먹고 싶은 음식이 떠오르면 한국에 빨리 가고 싶다. 한국에서 즐겨 먹던 생굴, 갈치구이, 고등어조림 등이 그립다. 동양 가게에 생선 코너가 있긴 하지만, 한국에서처럼 싱싱한 생선 만나기가 쉽지 않다. 가격도 비싸다.

제주 통갈치구이, 신김치와 푹 물러진 무를 바닥에 깐 고등어조림, 민어전, 추어탕 등이 한국에 가면 먹고 싶은 메뉴다. 한국 수산시장의 풍부하고 싱싱한 생선과 저렴한 가격의 감사함을 왜 이제야 깨닫게 되는지. (2017.10.21)

나이 들어서 좋은 점

나이가 든다는 것은 나쁜 것만은 아니다. 내 머리 속에 지우개가 있어서 기억하고 싶지 않은 것을 잘 지워준다. 간혹 깜빡깜빡

해서 실수를 해도 나이 탓으로 돌려서 편한 점도 있다. 조급하게 생각하던 것이 느긋하게 해도 편안해진다는 것. 무엇보다 젊을 때 보이지 않았던 멀리 보는 혜안이 가끔씩은 보이고 들린다는 것이 좋은 점이다. 힘들게 넘어지고 일어나고 포기하지 않고 여기까지 왔으니 나이든 것을 소중하게 생각해야지. (2017.10.22)

선물의 의미

튜터 도널드에게는 도서관에 들어가면 항상 앉아 계시는 자리가 있다. 두꺼운 책을 읽고 계신다. 책 읽는 것을 좋아하시는 정적인 분이시다. 닥터 도널드가 홍삼을 내밀었다. 지난번 튜터로 봉사했던 한국 사람에게서 받은 선물이라며, 가져가서 먹으라고 했다. 면역력을 높여주는 좋은 식품이라고 이야기했더니 기어이 나 먹으라고 주었다. 우리나라 사람이 고마움의 표현으로 귀한 홍삼을 선물해드렸는데 익숙하지 않은 식품에 거부반응이 있나 보다.

선물이란 것이 참 어렵다. 나한테 소중한 것이 아니라 상대방이 소중하게 생각할 수 있는 것을 고르기 쉽지 않다. 어쨌든 덕분에 환절기에 홍삼을 먹을 수 있게 되었다. (2017.10.27)

할로윈 파티

미국의 대표적인 축제날인 할로윈데이다. 남녀노소 다양한 분장을 하고 축제를 즐긴다. 각 가정에서는 호박 속을 파내고 눈, 코, 입 모양으로 도려내어 잭오랜턴(Jack-O-Lantern)이라는 등을 만들고, 집을 유령의 집처럼 꾸민다. 저녁이면 아이들은 괴물이나 마녀, 유령으로 분장하고 집집마다 돌아다니며 'Trick or Treat'이라고 소리친다. 그러면 집 주인은 사탕이나 초콜릿을 준다. 유학 시절 딸 선혜도 할로윈 복장을 하고 동네 언니들 따라다니며, 초콜릿과 사탕을 가득 얻어 왔었다. 그 사탕 처리 때문에 골머리가 아팠던 기억도 난다.

할로윈 축제는 여기 미국 사람들한테는 굉장히 큰 행사이다. 우리도 어린아이들이 오면 주려고 사탕과 초콜릿을 준비해두었다. 사탕과 초콜릿이 다 떨어지면 집에 불을 꺼둔다. 불 꺼진 집에는 아이들도 오지 않는다.

우리 아파트 사무실에서 3시부터 5시까지 할로윈 파티가 열렸다. 미국의 문화를 즐기고 싶어 참석했다. 아이들을 위해서는 사탕과 초콜릿이, 어른들을 위해 와인이 준비되어 있었다. 분장한 어린이들이 가족과 함께 참석해서 분위기를 띄웠다. 사무실에서 주민들을 참 잘 챙겨준다고 생각했다. (2017.10.31)

미용실

흰머리가 제법 나와서 신경이 쓰인다. 여기서는 머리 자르고 염색하는 것이 큰일이다. 게인스빌에는 한국인 미용실이 없다. 동양 사람들은 서양 사람들과는 머릿결이 달라서 여기 미용실에 쉽게 머리를 맡기게 되지 않는다. 비용도 엄청 비싸다. 상대적으로 저렴한 베트남 미용실이 있지만 만족도가 낮다. 유학 시절에는 남편과 딸 머리는 내가 집에서 바가지 머리로 잘라주었다. 부인들끼리 서로 머리를 말아주며 펌을 해주기도 했었다.

지금도 여전히 머리 자르는 일이 불편하다. 2~3개월에 한 번씩 탬파나 애틀랜타로 가서 머리도 하고 찜질방도 간다. 덤으로 시장도 봐 온다. 날짜를 잡아서 이번에는 애틀랜타에 다녀와야겠다. (2017.11.1)

애틀랜타에서 한국 체험

머리 손질할 때도 되었고 한국 음식 기본 식재료가 떨어져서 애틀랜타에 가기로 했다. 아침에 일어나 바로 세수만 하고 차에 올랐다. 게인스빌에서 다섯 시간 거리이다. 아침 식사는 가다가 쉬면서 할 계획이다.

가는 길 양편에 목화밭이 하얗게 펼쳐져 있다. 오래전 재미있게 봤던 영화 〈바람과 함께 사라지다〉의 무대가 되었던 전형적인 미국 남부 도시이다. 들판은 끝없이 광활하다. 그리고 땅콩 농장이 많다. 지미 카터(Jimmy Carter) 전 대통령의 고향이기도 하다. 한 자리 오래 앉아 있어도 허리에 무리가 가서 쉬엄쉬엄 갔는데, 1시경 애틀랜타 한인 타운 덜루스(Duluth)에 도착했다. 먼저 한국 음식점 허니피그(Honey Pig) 삼겹살집에서 가마솥 뚜껑 위에 김치, 콩나물, 삼겹살을 구워 배불리 먹었다. 예약해둔 리스 헤어숍에 가서 머리를 자르고 염색을 했다. 머리를 하면서 몇 달 지난 한국 월간지들을 다 뗐다. 덜루스에 오면 마치 한국에 온 것 같다. 저녁은 샘스(Sam's)라는 횟집에서 먹었다. 한국분이 운영하는 식당으로 음식이 만족스러웠다. 제주찜질방에서 목욕하고 때도 밀고 하루를 마무리했다. (2017.11.3)

김장하는 날

아침부터 분주했다. 어제 시장 봐 온 김칫거리와 산낙지가 싱싱할 때 부랴부랴 김치를 담갔다. 캐나다산 배추는 잎이 두껍지 않았지만 고소하고 알차다. 담그다 보니 아예 김장이 되어버렸다.

양념이 제대로 들어간, 맛있는 김치가 담가졌다. 한국에서 먹던 김치 맛이다.

배추 겉잎을 데쳐 양념해서 납작하게 차곡차곡 냉동실에 넣어 두었다. 배춧국이 먹고 싶을 때 멸치 국물 우려내어 끓이기만 하면 되도록 준비했다. 손질 잘 된 LA 갈비는 양념해서 한 끼 먹을 수 있도록 냉동실에 넣고, 소꼬리는 푹 고아두었다. 당분간 시장 보러 안 가도 될 것 같다. (2017.11.5)

기억해야 할 이름들

요한 씨의 제자와 후배들과 함께 식사를 했다. 박사과정 힘든 공부를 마치고 미국 대학 교수 요원으로 여러 곳에 지원해두고 기다리고 있는 이들이다. 다들 힘든 시간을 보내고 있다.

정윤 씨는 졸업 시험을 앞두고 바쁘다. 이곳을 졸업한 선배들이 모두 좋은 직장 잡아 떠났으니 잘될 거란 위로밖에 해줄 말이 없었다. 부모 같은 심정으로 안타깝고 일이 잘 풀렸으면 하는 바람뿐이다. 기도 중에 기억해야 할 이름들이다. 정윤 크리스티나, 아람, 정원. (2017.11.6)

마이애미에서 모히토 한잔

새벽 6시에 마이애미를 향해 출발했다. 해가 아직 뜨지 않아서 깜깜했다. 게인스빌에서 다섯 시간 거리이다. 게인스빌은 애틀랜타와 마이애미의 딱 중간에 자리 잡고 있다. 용재와의 여행은 지난번 올랜도에 갔다 온 후 두 번째다. 이번에 마이애미와 쿠바 여행을 계획했다.

마이애미 해변은 길게 만을 따라 이어졌다. 오래된 호텔들이 모여서 멋스럽게 보였다. 야외 모래사장 위에 멋진 근육질 몸매의 젊은이들이 모여 몸 자랑을 하고 있다. 긴 역사를 자랑하는 호텔 칵테일 바에서 마이애미 비치를 바라보며 모히토를 즐기는 여유를 가졌다. (2017.11.11)

쿠바 여행

쿠바의 수도 아바나에 처음 도착했을 때의 인상은 그레이블루. 건물들은 페인트가 벗겨진 그대로이고, 무너진 벽돌들은 보수가 되어 있지 않았다. 오래전 시간이 멈춰버린, 사람이 살지 않은 채 방치된 도시 같다. 쿠바는 북한과 함께 아직 공산주의 체제를 유지하고 있는 나라이다. 쿠바 혁명 이후 피델 카스트로가 49년간 집권하였고, 지금은 동생 라울 카스트로가 국가원수로 있다.

버스로 이동하며 혁명광장(Plaza de la Revolucion)에서 혁명가 체 게바라와 키밀로 시엔푸에고스 큰 얼굴 형상을 바라보았다. 또한 대성당 광장(Plaza de la Catedral), 모로 요새, 산 카를로스 요새 등 이 있는 구시가지를 관광했다. 관광객들에게 판매하는 시가와 럼 주가 쿠바 경제에 도움이 된다. 시가 만드는 과정도 직접 볼 수 있 다. 시가 하나가 우리 돈으로 8,000원 정도 했다.

지나가는 거리에서 스페인 식민지 시절 지어진 건물들을 많이 볼 수 있었다. 세계 어디에서도 찾아볼 수 없는 60~70년 된 차들 이 거리를 달리고 있었다. 클래식 카로 시티 투어하려는 외국인 관광객들을 기다리는 운전자들도 보였다. 도시는 앤티크 자동차 박물관 같았다.

쿠바는 스페인과 미국 식민지 시절을 거치고, 미국의 10년 넘 는 경제봉쇄 조치 때문에 물자가 부족하다. 곳곳에서 그 흔적이 느껴졌다. 반면 혁명가와 지도층들이 묻혀 있는 국립묘지는 이탈 리아 건축물을 옮겨놓은 것같이 화려하기 짝이 없다. 스페인의 영 향으로 국민의 85%가 가톨릭 신자이다. 그곳에서 여러 개의 성모 상과 십자가에 못 박혀 있는 예수상을 만날 수 있었다. 참 아이러 니하게 느껴졌다. 힘들고 소외된 곳에 모셔져야 하는 성모님과 예 수의 십자가를 화려한 지도자들의 묘지에서 만났다.

쿠바 샌드위치는 맛있다. 쫀득한 빵에 햄과 치즈를 듬뿍 넣고 치즈가 녹아내리도록 샌드위치 아래위를 꾹 누른다. 붉은 강낭콩

요리도 맛있다. 강남콩과 감자를 푹 익혀서 겉모양은 팥죽 비슷한
데 맛은 달랐다. 부드럽고 맛있다. 집에서 만들어 먹고 싶은 맛이
다. 레시피를 보니 붉은 강남콩, 돼지뼈 육수 또는 치킨 수프, 감
자, 마늘, 호박, 올리브 오일 등에 쿠바 향신료를 넣어서 두세 시
간 익히는 요리이다. 새로운 음식을 먹어보는 것은 즐겁다. 입에
맞으면 즐거움이 더 크다. 쿠바 여행은 또 하나의 추억으로 가슴
에 남을 것이다. (2017.11.13)

발자국 소리

오후 6시 땡 하면 어김없이 들리는, 나만 알아차릴 수 있는 남
편 발자국 소리와 현관문 여는 소리! 요한 씨와 결혼하고 매일매
일 들었던 소리다. 결혼하고 제기동에 살 때도, 유학 시절 코리 빌
리지에서도, 학교에서 집으로 저녁 식사하러 돌아오는 게 꼭 이
시간이다. 저녁 식사 후 다시 도서관으로 갔지만.

요즈음 다시 그 발자국 소리를 듣는다. 6시가 되면 어김없이 들
리는 발자국 소리. 요한 씨가 귀가한다. 아파트에 살 때는 듣지 못
했던 발자국 소리를 1층에 사니깐 다시 듣는다. (2017.11.15)

머리카락

바닥에 떨어진 머리카락이 셀 수가 없다.
청소는 머리카락과의 싸움.
이 많은 머리카락이 빠지고도 머리숱이 남아 있으니
열심히 머리가 자라고 있구나.
흰 머리카락 탓 안 할 테니
빠진 자리 열심히 나오기만 해다오.
꽁지머리라도 묶을 수 있도록. (2017.11.16)

문신의 재발견

여기서는 팔, 다리, 목 등에 문신(tattoo)을 한 사람이 흔하다. 이곳 사람들은 노출을 많이 하는 편이어서 더욱 눈에 잘 띈다. 나는 문신 이란 일부 특수한 직업에 종사하는(?) 사람들만 하는 거라고 생각하 고 있었는데, 여기는 일반 사람들도 악세사리 달듯 문신을 한다.

며칠 전 마이애미 비치에서 본 수영복 차림의 건강한 남녀들의 직절한 문신은 섹시하고 매력적으로 보였다. 어느새 내 사고방식 도 변한 것이다. (2017.11.17)

축복받는 쌍둥이 자매

우리 성당의 마스코트인 쌍둥이 지연이, 가연이가 자라는 것을 보면 생명의 신비를 느낀다. 영성체 시간에 지연이, 가연이가 엄마, 아빠 품에 안겨 신부님의 축복을 받는 모습을 보고 있으면 항상 부럽다. 우리 손녀 다은이도 아기 때 성당에 데리고 가서 함께 미사에 참석할 생각을 왜 못 했을까?

이제 다은이는 머리가 제법 길어 핀을 꽂고 숙녀 티를 내고 있다. (2017.11.18)

손녀

내가 가장 보고 싶은 것은 아가의 활짝 웃음.

내가 가장 듣고 싶은 것은 아가의 웃음소리.

내가 가장 편안해질 때는 아가가 새근새근 자는 모습 볼 때.

내가 가장 재미있을 때는 말 배우는 아가와 대화할 때.

내가 가장 행복할 때는 아가가 '할머니' 하며 두 팔 벌려 내 품에 안길 때. (2017.11.19)

추수감사절

매년 11월 셋째 주 목요일이 미국의 명절 추수감사절이다. 목, 금, 토, 일요일까지 연휴이다. 대부분 멀리 있는 가족들이 부모님 댁에 모여 식사를 한다.

우리 가족은 저널리즘 스쿨 이 교수님 댁에 초대받아 갔다. 박사과정 학생들도 와 있었다. 크랜베리 소스를 곁들인 칠면조 구이, 스터핑(Stuffing), 그레이비, 매시드 포테이토, 캐서롤(Casserole), 샐러드 호박파이, 직접 구운 빵 등 추수감사절에 먹는 음식들을 푸짐하게 준비해두셨다. 오래전 유학 시절 추수감사절 식사에서 칠면조 고기를 먹고 이번이 두 번째이다.

칠면조 구이와 색깔이 고운 크랜베리 소스를 먹으니 맛이 잘 어울렸다. 매시드 포테이토와 그레이비는 부드러워 워낙 좋아하는 음식이다. 스터핑과 캐서롤은 칠면조 고기와 잘 어울리는 음식들이다. 와인과 곁들인 음식과 수다가 이어져 즐거운 추수감사절을 보냈다. (2017.11.23)

블랙 프라이데이

추수감사절 다음 날이 블랙 프라이데이(Black Friday)다. 밤 12시 자정부터 시작된다. 어제 저녁 모임으로 피곤해서 깊이 잠들었다가, 새벽 6시에 메이시(Macy's), 딜리어드(Dilliard's) 등 백화점이 모여 있는 옥스몰로 갔다. 모든 가게가 대낮처럼 불을 밝혀두었고, 새벽부터 많은 사람들이 세일 상품을 구입하기 위해 와 있었다. 특히 가전제품과 부엌 용품은 세일을 많이 했다. 70~80%까지 세일하는 품목도 있다. 평소에 절약하며 살던 많은 사람이 오늘만큼은 마음 놓고 지갑을 연다.

성모회장 로사가 세일 관련해서 많은 정보를 주었다. 나도 다이슨 무선청소기, 오리털 이불 등 평소 구입하고 싶었던 물건들을 구입했다. 다이슨 V8은 정가 600달러인데 350달러 정도로 구입할 수 있었다.

통계에 의하면 온라인 쇼핑을 비롯해 미국인 70퍼센트가 쇼핑한다는 블랙 프라이데이는 추수감사절에 이어지는 큰 행사이다. 제대로 블랙 프라이데이를 즐겼다. (2017.11.24)

존경하는 신부님

사목회장 댁 가정미사가 있었다. Q&A 시간을 30분 갖고 편안하게 미사로 이어졌다. 김영수 스테파노 신부님, 순수하시고 아름다운 모습을 보여주셔서 참 좋다. 힘겹게 사도로서 자리를 지키려고 노력하시는 모습에서 존경을 느낀다.

성령으로 채워질 수 있도록 비워둔 넓은 자리에 성령만 머무는 것이 아니고 인간적인 유혹이 자꾸 들어온다는 말씀. 신부님으로 살아가시는 삶이 모든 유혹과의 싸움인 것 같다. 기도가 많이 필요함을 느꼈다. 기도 중에 기억해야겠다. 항상 아름답게 존경받는 신부님 자리에 머물 수 있도록. (2017.11.25)

감사의 기도

감사기도 끝나는 날이다. 아침에 산책로를 걸으며 54일 마지막 날 기도를 바쳤다. 문을 열고 나가면 새소리와 함께 항상 초록색 잔디가 나를 반겨준다. 날씨도 좋고 동네도 평화롭고 내 마음도 평화롭다. 미국에 와서 세 번째 바치는 9일기도이다. 기도를 통해서 불안을 떨쳐버리고 주님께 모든 것을 맡기고, 감사하게 생활했다. 간혹 힘든 시간도 있었지만, 기도하기 좋은 산책로가 있어 감사하다. 한국에 돌아가도 이곳이 항상 그리울 것 같다. 눈에 담고, 가슴에도 담는다. 그리울 때 떠올릴 수 있도록. 아들 용재는 영화 분야 톱 5에 드는 대학원 몇 군데에 지원서를 보냈다. 좋은 소식 기대하며……. (2017.11.26)

일상의 활력소

추수감사절이 끝나자 바로 크리스마스 분위기로 들어갔다. 어디서나 캐럴이 흘러나온다. 열심히 집 앞을 꾸미는 집은 추수감사절 장식에서 크리스마스 장식으로 바뀌었다. 밤이 되면 불이 밝혀져 보는 사람이 즐겁다. 조용한 대학도시의 단순한 삶에서 활력소가 되는 것이 이런 이벤트인 것 같다. 할로윈, 추수감사절 파티, 이제 크리스마스를 기다리며 즐겁게 몇 개월이 지나간다. (2017.11.27)

3개월간의 여행

한국으로 돌아갈 날이 3개월 남았다. 시간이 참 빨리 지나갔다. 기분을 바꾸어 오늘부터 3개월 플로리다에 여행 왔다고 생각하자. 그러면 많은 시간이 남은 것이다. 여러 사람들과 정이 들고 이곳 날씨에 적응되고 이곳 생활이 편해지면서 나도 모르는 사이에 이곳에 뿌리를 내렸다. 떠날 때 뿌리가 뽑히는 아픔이 따르겠지 생각하니 슬퍼진다. 내일을 생각하지 말고, 오늘 하루 주어진 여건에 감사하며 하루하루 소중하게 보내자. (2017.11.28)

아름다운 가게

게인스빌에는 한국의 '아름다운 가게'와 같은 굿윌(Goodwill) 가게가 있다. 우리도 게인스빌에 처음 와서 옷걸이 등 몇 가지 필요한 물품을 이곳에서 싼값으로 구입했다. 굿윌 가게는 중고물품을 기증받아 깨끗하게 정리해서 저렴하게 판매한다. 그 수익금은 불우이웃이나 도움이 필요한 사람에게 전해진다. 물건을 기증할 사람은 드라이브 스루(Drive thru)를 이용해서 편리하게 기부할 수 있다. 드라이브 스루 창구에 차를 대면 직원이 나와 기증 물품을 수

거하며, 원하는 사람에게는 영수증을 즉석에서 발행해준다. 이 영수증은 연말정산 때 제출하면 세금 혜택을 받을 수 있다.

중고물품을 재활용할 수 있어서 자원 낭비가 없어 좋고, 기부하는 사람은 세제 혜택을 받아 좋고, 사는 사람은 저렴한 가격으로 필요한 물건을 가져갈 수 있어 좋다. 우리도 귀국할 때 중고시장에 팔거나 나누어주고 남은 물품을 기쁜 마음으로 기부할 생각이다. (2017.11.29)

나이 드는 기술

3주 만에 튜터를 만났다. 도서관에 들어서면 잘 보이는 곳에 닥터 도널드가 자리하고 있다. 마주치면 반가워하는 게 느껴진다. 외롭게 혼자 사시다가 대화 상대가 오면 반가워하는 기색이 얼굴에 보인다. 쿠바 여행, 추수감사절 휴일 등이 겹쳐서 오랜만에 만나는 거라 할 이야기가 많았다.

도널드를 보며 항상 느끼는 건, 혼자 살아도 자기 관리를 잘하시는 분이라는 것이다. 항상 흐트러지지 않는 모습을 보인다. 하지만 왠지 모를 외로움이 묻어 있다. 스페인어 등 언어에 관한 이야기를 할 때는 힘이 느껴지고, 눈에서 생기가 돈다. 가끔 뵈러 가면 그동안 일어난 일들을 하나도 안 빼먹고 딸에게 이야기하는 친정 엄마처럼, 도널드는 많은 말을 했다. 사람은 누구나 나이를 먹는다. 영원히 함께하자던 배우자도 먼저 떠날 수 있다. 노년에 오는 외로움과 쓸쓸함을 잘 견디며 지내야 한다. 도널드의 모습 뒤에 나의 노년기도 가끔 보인다. '나이 드는 기술과 늙음이라는 예술작품을 향한 길은 결국 자기 스스로 찾아야 한다. 나 대신 늙어 줄 사람은 없다.'* (2017.11.30)

---

* 『황혼의 미학』에서 발췌.

굿바이, 플로리다

▲▲ 뉴올리언스 거리의 악사
▲ 욕망이라는 이름의 전차

메리 크리스마스

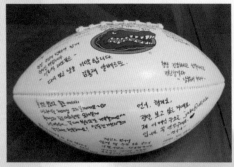

▲▲ 친구들과의 건배

▶ 모래로 쌓은 성모상

▲ 아파트 수영장

◀ 게인스빌 공동체 친구들의 작별 선물

한국에서는 겨울 준비

한국은 추위가 일찍 찾아와 벌써 겨울이란다. 선혜는 알비나 아줌마랑 친정에서 매년 담그는 양의 김장을 했단다. 알비나가 수고를 해주신 것 같다. 고맙다. 날씨가 추워서 다은이가 바깥 놀이 못 한 지 한 달이 되었단다. 속이 상한다. 감기도 달고 있다. 겨울은 아이 키우기 참 힘든 계절이다. '추운 겨울 여기 플로리다에서 지내고 가렴.' 하고 싶은 말이 목까지 올라오지만 못 했다. 지난겨울 여기서 잘 지내고 봄에 적응하기 힘들어했던 모습을 아니까. 다은아, 튼튼하게 자라다오. 파이팅! (2017.12.1)

뉴올리언스 여행

뉴올리언스 여행을 계획했다. 게인스빌에서 열 시간 거리. 밝을 때 도착해서 호텔 체크인하는 것이 목표다. 10번 도로는 바닷

가를 끼고 있는 아름다운 길이다. 바다를 잇는 다리를 건너 루이
지애나주 뉴올리언스에 도착하니 3시 30분이다. 한 시간 시차가
있다. 여기는 특별한 문화적 배경이 있는 도시이다. 밝을 때 프렌
치 쿼터(French Quarter)를 둘러보았다. 프랑스 식민지 때 지어진
건물들이 많다. 프렌치 쿼터에서는 프랑스의 대중적이고 약간은
퇴폐적인 느낌을 받았다. 뉴올리언스는 미국 남부식 문화와 프랑
스, 스페인, 아프리카 문화가 콤비네이션된 독특한 문화의 도시이
다. 재즈 음악이 시작된 곳이어서 중심가인 버번 스트리트와 로열
스트리트에는 재즈 바와 앤티크 가게가 주를 이루고 있었다.

노예로 팔려온 흑인들이 설움을 달래며 부르던 음악이 재즈이
다. 백인들의 악기를 이용해서 흑인들의 삶의 애환을 노래한 것이
재즈 음악의 시초가 되었다. 몸은 묶여 있지만 마음은 가둘 수 없
다. 노래로 자유로움을 표현한 재즈는 연주자의 감각과 표현을 중
요시하는 음악이다. 음악 중에서 가장 자유로운 표현이 허용되는
장르인 것 같다. 앤티크 가게에는 주로 유럽풍 가구와 조각품, 주
얼리 등이 많았다. 미국 사람들의 유럽에 대한 막연한 동경을 엿
볼 수 있었다. 세인트루이스 성당 앞 잭슨 스퀘어 앞에는 버스킹
하는 음악가들의 연주에 맞추어 사람들이 춤을 추고 있었다. 스퀘
어 길을 건너면 미시시피강이 이어져 있다.

저녁 식사로는 대표적 남부 음식인 검보(Gumbo)와 독특한 역
사를 가진 새우 크레올(Shrimp Creole), 잠발라야(Jambalaya)를 주문
했다. 이곳 음식은 프랑스와 스페인 정착민에 의해 내려오는 음식
으로, 해산물을 많이 활용하여 우리 입맛에 잘 맞았다. (2017.12.4)

전차, 카페 뒤 몽드

이곳에는 100년이 넘은 전차가 다니고 있다. 테네시 윌리엄스의 희곡 「욕망이란 이름의 전차」에 나오는 바로 그 전차이다. 영화로도 만들어져 우리에게도 익숙하다. 호텔 앞에서 출발해서 한 바퀴 돌아 다시 호텔로 돌아오는 데 80분 걸렸다. 프렌치 쿼터를 천천히 볼 수 있어서 좋았다. 3달러 주고 티켓을 사면 24시간 동안 다른 노선도 탈 수 있어서 오후에는 미시시피 강가를 도는 전차를 탔다.

프렌치 마켓을 둘러보며 올리브 나무로 만든 십자상을 샀다. 주기도문이 새겨져 있어 마음에 들었다. 점심 식사는 굴 요리로 정했다. 버스킹하는 음악가들의 재즈 음악을 들으며 카페 뒤 몽드(Cafe du Monde)에서 카페오레와 하얀 설탕이 듬뿍 뿌려져 있는 도넛을 먹으면서 휴식을 즐겼다. 밤의 도시 뉴올리언스는 술과 음악에 취해 있었다.

밤 8시부터 라이브 바가 하나씩 문을 열었다. 크리스마스 장식과 어우러진 네온사인이 화려하다. 우리 가족도 펫 오브라이언(Pet O'Brien)에서 럼주가 들어간 칵테일 '허리케인'을 마시며 음악에 맞춰 몸을 흔들었다. 퇴폐적인 분위기에 오랫동안 빠져보았다.
(2017.12.5)

집으로 가는 길

이번 뉴올리언스 여행 계획은 아들한테 맡겨 하자는 대로 따라다녔다. 아들은 미리 각종 정보를 찾아놓고, 맛있는 음식점과 볼거리로 안내해주어서 우리는 편하게 다녔다. 밤에는 재즈 음악에 빠질 수 있는 영화 〈라라랜드〉를 즐겼다.

아침 식사는 브래넌 식당에서 프랑스식 브런치로 하기로 했다. 100년 넘은 식당이다. 식당 가운데 꾸며진 멋진 정원을 보면서 식사를 할 수 있다. 프랑스풍의 오래된 건축양식인 것 같다. 요리는 눈으로도 즐기고 맛으로 먹을 수 있도록 섬세하고 깔끔하게 나왔다. 마지막으로 나온 디저트인 바나나 포스터(Banana Foster)는 흑설탕, 버터, 계피를 녹여 바나나를 코팅하고 럼을 넣어서 만든 것으로 인상적이다. 바닐라 아이스크림과 함께 먹을 수 있다.

뉴올리언스를 떠나 미시시피주, 앨라배마주를 거쳐 플로리다 게인스빌까지 열 시간 걸렸다. 긴 시간 드라이브가 지겹지 않았던 건 오는 길이 아름다웠기 때문이다. 도로는 바다를 끼고 달리고, 내륙 쪽으로는 단풍에 물든 가로수가 우거진 멋진 길이었다. 하루 종일 운전해서 게인스빌에 도착하니 밤 9시였다. (2017.12.6)

자신을 되돌아보는 시간

대림 첫 주이자 교회 전례로는 한 해가 시작되는 주이다. 지난 해를 돌아보며 나 자신을 성찰할 수 있는 시간을 가졌다. 내가 가는 방향이 옳은 것인지, 무엇을 성공의 잣대로 삼고 있는지.

내게 익숙한 삶의 방식을 벗어나서 새로운 삶을 산 1년이었다. 1년간 신앙 안에서 새로 만난 신부님을 비롯한 형제자매님들, 멀리 있는 가족, 친구들의 소중함을 되돌아보기도 했다. 가족을 더 사랑해야겠다는 반성의 시간을 가지기도 했다. 게인스빌 새로운 공동체 안에서의 신앙생활과 좋은 사람들과의 만남 속에서 하느님께 더 가까이 가려고 노력했던 시간들이었다. (2017.12.9)

마른 멸치

냉동실 구석에 넣어둔 멸치를 꺼내서 다듬었다. 한국에서 가져온 마지막 멸치다. 이 멸치를 다 먹을 때쯤이면 한국으로 돌아갈 때가 되겠지. 아쉬움인지 기다림인지 잘 모르겠다. 하나씩 떨어져 가는 식재료를 귀국할 시간과 맞추고 있다. 다만 이 시간이 소중하고, 남은 기간 알차게 보내야겠다는 생각이 든다. (2017.12.11)

오늘의 묵상 '현재를 즐기다'는 말은 '오늘을 살라'와 같은 뜻이다. 오늘을 산다는 것은 '바로 지금 여기'에 충실한다는 것이다. 우리에게 있는 유일한 시간은 '바로 지금'이며 인생은 '바로 지금'의 연속이다.

무선청소기

블랙 프라이데이 때 파격적인 가격으로 사둔 무선청소기를 꺼냈다. 파워도 좋고 무척 만족스럽다. 가전제품은 편리한 게 나오면 쓰던 게 있어도 또 사게 된다. 충전하면 40분 사용이 가능하니 청소 끝날 때까지 쓸 수 있다. 당분간 청소가 즐거워질 것 같다. 마음에 드는 새로운 가전제품과의 만남도 즐거움이다. (2017.12.13)

긍정의 위험성

로사의 집에서 가정미사가 있었다. 신부님은 긍정적으로만 생각하는 위험성을 말씀하셨다. 가끔 내 안에 있는 부정적인 부분도 나쁘지 않다는 말씀. '나는 긍정이 지혜다'라는 말씀을 실천하려고 노력해왔는데, 내 마음에 어두움을 주는 부분도 중요하다는 것이다. 또 다른 방향의 묵상 거리를 던져주셨다. (2017.12.15)

고마운 로사

성모회장 로사의 집에서 크리스마스 파티 겸 성모회 모임이 열렸다. 천장이 높아서 크리스마스트리가 멋졌다. 크리스마스를 기다리며 이웃끼리 경쟁적으로 집 앞을 화려하게 장식하는 것도 즐거움이라는 생각이 들었다. 준비한 선물도 교환하고, 지난 일 년을 돌이켜보기도 했다. 자기 집을 오픈하는 일이 쉽지 않은데 항상 즐겁게 집에 초대해준 로사에게 감사하다. 로즈마리 가지로 장식된 기도문을 받았다. 향기 속에 정성이 느껴진다. (2017.12.17)

크리스마스트리

이번 주는 따뜻하겠다는 일기예보가 나왔다. 골프장에 가니 반

소매, 반바지 차림의 할아버지들이 많다. 클럽하우스도 큰 크리스마스트리로 장식되었다. 플로리다의 크리스마스는 푸른 잔디와 아름다운 꽃들이 있다. 감사한 마음으로 잔디밭을 걸었다. (2017.12.18)

주면서 행복한 선물

튜터 닥터 도널드에게 드릴 크리스마스 선물과 카드를 준비했다. 감사한 마음을 카드에 적었다. 그동안 감사하고 항상 건강하시라고⋯⋯. 치아가 없어 합죽한 입으로 기뻐서 활짝 웃는 모습이 짠하다. 선물 포장에 로즈마리 가지를 꽂아두었더니 냄새를 맡으며 행복해하는 모습이 나까지 행복하게 했다. (2017.12.21)

크리스마스 만찬

요리에 관심이 많은 용재가 크리스마스 파티를 위해 비프 웰링턴 요리를 했다. 얇은 페이스트리 반죽 위에 넉넉히 다진 버섯을 구워 프로슈토와 함께 소고기 안심에 감싼 후, 반죽을 말아서 오븐에 구워내는 요리다. 멋진 요리가 되었다. 콜리플라워, 방울토마토, 버섯, 올리브 오일, 소금, 후추 넣어서 오븐에 구운 요리를 곁들이니 궁합이 좋았다. 와인과 곁들인 멋진 크리스마스 식사였다. 정성껏 음식을 준비한 용재가 고맙다. (2017.12.23)

메리 크리스마스!

크리스마스 미사 참석을 위해 잭슨빌 본당으로 갔다. 지난번 부활절 미사를 위해 본당에 오고 두 번째이다. 아담한 본당 제대 앞에 아기 예수님 구유와 크리스마스트리가 우리를 반겼다. 김영수 스테파노 주임신부님과 오래전 이곳 주임으로 계시다 오랜만에 한국에서 방문하신 신부님이 함께 미사 집전을 하셨다. 우주를 창조하신 하느님께서 비천한 인간의 모습으로 오셨듯이, 하느님의 겸손한 모습처럼 나보다 약한 사람의 말에 귀를 기울이는 삶이 하느님을 닮아가는 삶이라는 강론 말씀이 있었다. 내일이 스테파노 신부님 영명축일이다. 축하 공연으로 게인스빌 주일학교 어린이들이 핸드벨 연주를 선보였다. 귀엽고 깜찍했다.

미사 후 잭슨빌 성모회에서 마련한 정성스런 식사를 감사한 마음으로 맛있게 먹었다. 잭슨빌 본당은 소박하지만 항상 따뜻하다. 잭슨빌 공동체와 게인스빌 공동체가 함께 있을 때 신부님이 가장 신나 보인다. 함께 있을 때 조화가 이루어진다. 우리 가족에게는 이번이 잭슨빌 본당을 방문하는 마지막 기회가 될 것 같다. 잭슨빌 공동체 가족들을 가슴에 담고 아쉬운 작별을 했다. 모든 사람을 비추는 참 빛이 세상에 왔다(요한1.9). 높은 분께서 가장 낮은 자리에 오신 그 크신 사랑에 고개 숙여 경배 드립니다. (2017.12.25)

준비할 때 가장 즐거운 여행

오래전부터 계획해온 유학 시절 친구들과의 여행이 내일모레이다. 여행 준비가 시작되었다. 요한 씨는 머리를 자르고, 나는 머리 염색을 했다. 가방을 거실에 펼쳐놓고 생각나는 대로 여행에 필요한 것들을 하나씩 담았다. 여름옷부터 두꺼운 옷까지 다 필요하다. 캘리포니아 새크라멘토에 사는 친구 집에 모여서 다 함께 멕시코의 휴양지 푸에르토바야르타(Puerto Vallarta)로 가기로 했다. 지난여름에 여행을 계획하고 차곡차곡 준비하며 기다렸다. 목표가 있으니 하루하루가 즐거웠다. 우리 나이에 변화 있는 삶을 산다는 건 축복이다. (2017.12.27)

끊는 것은 어렵다

무엇이든 끊는 것은 어렵다. 샘스 클럽 회원으로 등록하고 1년이 지났다. 재등록하지 않고 50달러를 아꼈다. 과일이나 식재료가 떨어지면 샘스에 가야 하는데. 자주 다닐 때는 그곳이 얼마나 요긴한 곳인지 몰랐지만, 못 간다고 생각하니 서운하다.

게인스빌 헬스장 회원권도 1년 유효기간이 지나서 끊었다. 으스스 추운 날에는 스팀 사우나가 간절하다. 한국 갈 준비를 위해 하나하나 정리하고 있다. 우리 아파트도 나가기 두 달 전에 통보해야 해서 2월 24일까지 있겠다고 이야기해두었다. 처음 적응하기 힘들듯이 끊는 것도 힘들다. 우리 집과의 이별도 준비해야 한다. (2017.12.28)

황혼의 반란

반가운 친구 원호 엄마, 영은 엄마가 새크라멘토 공항까지 마중 나왔다. 연경 엄마도 한국에서 출발하여 샌프란시스코 공항에 도착했단다. 먼저 원호네 새 집으로 갔다. 사진으로는 보았지만 실제로 보니 더 멋진 집이다. 집에 엘리베이터가 있고 전망도 멋졌다. 멀리 폴섬 호수(Folsom Lake)가 한눈에 들어온다. 집 전체의 스케일과 꽉 짜인 살림살이, 모든 것이 정리정돈이 잘 되어 있었다. 그동안 미니멀리즘을 부르짖던 나로서는 충격과 감동 그 자체였다. 연경이네까지 도착하고 네 가구가 모였다. 각자 방을 배정받고, 가지고 온 옷들로 패션쇼를 했다. 여행에 앞서 들뜬 마음으로 지난 일들을 가지고 이야기꽃을 피웠다. (2017.12.29)

소니네 만찬

원호 엄마랑 친하게 지내는 소니씨 댁에 저녁 식사 초대를 받았다. 이 부부는 이번 멕시코 여행에 함께 갈 예정이며, 실제로 리더 역할을 한다. 소니씨 부부는 젊을 때부터 여행을 좋아해서 집에 모아놓은 각 나라 기념품들이 박물관 수준이다. 남편인 닥터 박은 의사인데 병원은 딸한테 맡기고 요즘은 여행에 더 열중하신다고 했다. 지난번 안식년을 UC-Davis(캘리포니아대학교 데이비스 캠퍼스)로 왔을 때 원호 엄마와 함께 소니를 만난 적이 있다. 그때 집에 가보고 이번이 두 번째 방문이다. 집에서 열 가지 코스 요리를 직접 해주셨다. 함께 여행을 가기로 했으니 미리 친해질 시간도 가질 겸 초대한 것 같다. 음식 솜씨와 세련된 매너에 우리는 감동했다. (2017.12.30)

한 해를 보내며

2017년 마지막 날을 오랫동안 친했던 좋은 친구들 부부와 함께할 수 있어 감사하다. 친구가 마음 먹고 예약해둔 이탈리안 레스토랑 시에나(Sienna)에서 2017년 송년회를 했다. 몇 개월 전에 예약해둔 딱 하나의 방인데, 요리하는 주방을 직접 볼 수 있다. 주방에서는 특별히 우리만을 위한 메뉴를 만들었다. 원호 엄마가 멀리서 온 친구들을 위해 매일매일 감동을 선사하고 있다. 2017년도 안녕! 감사했다! (2017.12.31)

새해 첫 일출

멕시코의 휴양지 푸에르토바야르타로 가는 비행기 안에서 새해 일출을 보았다. 감동이다. 태평양 위에서 떠오르는 해를 벅차게 맞이하며 새해를 시작했다.

푸에르토바야르타는 캘리포니아랑 시차가 두 시간 난다. 비단타 리조트(Vidanta Resort)에 도착하니 플로리다와는 또 다른 풍광이 우리를 맞아주었다. 푸에르토바야르타는 플로리다보다 섭씨 10도 정도 기온이 높다. 여기는 여름 날씨다.

바다가 보이는 방을 배정받았다. 여행을 많이 하는 소니네가 가지고 있는 타임셰어(timeshare) 콘도 여러 개 중 하나라고 했다. 우리 친구들은 소니네 부부에게 모든 것을 맡기고, 즐기기만 하면 된다고 알고 따라왔다. 새해 첫날을 멋진 휴양지에서 맞았다. (2018.1.1)

휴양지에서의 여유

우리들은 매일매일 패션쇼 중이다. 리조트는 워낙 넓어서 마을이나 다름없었다. 골프장은 그렉 노먼과 잭 니콜라스가 18홀씩 설계하여 모두 36홀이 있고, 연습용 9홀이 별도로 있다. 바다를 끼고 수영장이 여러 개, 식당이 36개 있다고 한다. 휴양지 안에서는 골프 카트처럼 생긴 셔틀로 이동한다. 야자수와 바다를 바라보며 멋진 아침 식사를 했다. 모래사장만 걸어도 충분한 운동이 되었다. 휴양지에서 여유 있는 시간을 보내는 것도 좋았다. 새로운 경험이었다. 많은 사람들이 나와서 선탠을 하며 여유를 즐기고 있었다. 우리 팀도 비치 체어와 방갈로에 자리를 잡고 멋진 풍광에 취해 오수를 즐겼다. (2018.1.3)

선물 같은 날들

매일 다른 식당에서의 맛있는 식사, 수영장 비치 체어에 누워 마시는 칵테일, 스파에서 즐기는 마사지. 내 인생에서 가장 럭셔리한 여행이다. 하루하루가 선물 같은 날이다. 잘 통하는 친구들과의 여행은 즐겁다. 매일 낮이고 밤이고 모여 지칠 때까지 놀았다. 밤새도록, 옆방에서 시끄럽다고 신고 들어갈까 두려워 웃음소리 낮추어가며 깔깔거렸다. 지난해의 근심 걱정 다 날려버렸다.

(2018.1.4)

성령강림 십자가

수공예 은제품을 파는 가게에서 특별한 십자가를 만났다. 주님께서 성령을 내리시는 성령강림 십자가였다. 반가웠다. 예수께서 십자가에 매달려 계시는 모습이 우리 짐을 대신 지고 계시는 것 같아 볼 때마다 마음이 무거워진다. 하지만 내가 진 짐이 버거울 때 십자가를 보며 위로를 받은 적이 많다. 오늘 만난 성령강림 십자가도 내게 다른 의미가 될 것 같아 소중히 집으로 모셨다.

(2018.1.5)

휴양지 밖의 멕시코

오늘은 푸에르토바야르타 시내를 관광했다. 비단타 리조트를 벗어나니 완전히 다른 멕시코의 도시가 펼쳐진다. 바닷가에는 모래로 성모상이 만들어져 있었다. 밀물이 들어오기 전까지만 뵐 수 있는 성모님이다. 데킬라 공장도 방문했다. 선인장을 숙성시켜 데킬라를 만드는 과정을 구경하고 시음도 했다. 걸러낸 데킬라는 도수가 30~40도 정도, 맛이 강하지만 깔끔했다. 평소에 멕시칸 음식을 좋아해서 현지에서 맛보게 될 멕시칸 음식이 궁금했는데 맛있게 먹었다. (2018.1.6)

플로리다의 한파

밤새 창공을 가로지른 비행기는 새벽 6시에 올랜도 공항에 도착했다. 용재가 마중 나왔다. 감기로 고생해서인지 얼굴이 까칠했다. 그동안 플로리다에는 영하 3도까지 내려가는 한파가 몰아쳤다. 우리는 날짜를 잘 맞춰 따뜻한 곳으로 여행 갔다 온 셈이다. 세계가 대설과 한파로 이상기후를 보이고 있다. 뉴스를 보니 온난화 영향으로 북극의 찬 공기가 저위도 지역으로 내려왔다고 한다. 요한 씨가 애지중지 키워온 꽃들이 이번 추위에 일부 얼었다. 살아남은 화분은 실내로 옮겼다. 집 앞 잔디도 누렇게 시들었다. 지난 겨울에는 파릇파릇하던 잔디였는데 말이다. 플로리다 기온이 영하로 내려간 건 흔한 일이 아니다. 매일 와서 놀던 새들이 어디 갔는지 보이지 않는다. 갑작스런 추위에 새들도 적응하기 쉽지 않나 보다. 그래도 한국의 늦가을 날씨 정도라, 짧지만 가을을 느꼈다. (2018.1.10)

한국의 풍광

한국 돌아가면 가보고 싶은 곳이 많다. 먼저 KTX 타고 강원도 평창에 가보고 싶다. 그리고 통영과 경주, 비교적 옛날 모습이 잘 보존된 전라도 쪽도 구석구석 보고 싶다. 외국 나와보면 우리나라의 장점이 잘 보인다. 3면이 바다여서 해산물 풍부하고 풍광이 아름답다. 국토의 70%가 산이어서 멋진 산세와 갖가지 나물을 즐길 수 있고, 도심에서 조금만 가면 등산을 할 수 있다는 것도 장점이다. 한국 돌아가는 날을 카운트다운하고 있다. (2018.1.17)

자연의 신비

날씨가 따뜻해져 산책을 나갔다. 며칠 전 추위로 잔디가 누렇게 변하고, 길바닥에는 낙엽이 뒹굴었다. 시든 잔디 사이를 비집고 초록 잔디가 올라오고 있다. 자연은 이렇게 신비롭다. 한국 가기 전에 푸르러진 잔디밭을 다시 보고 싶다. 본당 스테파노 신부님 영육 간의 건강을 위해서 묵주 10단을 바쳤다. (2018.1.23)

귀국 한 달 남기고

한국 돌아갈 날이 한 달 남았다. 가기 전 꼭 해야 할 일들을 기록해서 챙겨야겠다.

1. 현대해운 연락해서 부칠 짐 의논.
2. GRU(Gainesville Regional Utilities)에 이사 날짜 통보.
3. 자동차 Carmax에 가서 가격(시세) 알아보기.
4. 자동차, 소파, TV, 침대 매각.
5. 냉동실 비우기 시작(냉동식품 안 사기).
6. 자주 다니던 곳 사진 찍어 남기기. (2018.1.24)

무빙 세일

살림살이를 무빙세일에 올려두었더니 연락이 왔다. TV에 관심이 있다고. 120달러에 올려두었는데 젊은 백인 남자가 와서 쿨하게 120달러 주고 TV, 받침대, CD 플레이어를 가져갔다. 여기는 학교 중심 도시여서 잠깐 머무는 사람이 많으므로 중고품 시장이 활성화되어 있어 편리하다. 중고품을 사서 쓰다가 떠날 때 되팔고 간다. 우리처럼 방문교수로 온 사람들에게도 유용하다. (2018.1.26)

메이시 백화점 폐점 소식

게인스빌에서 가장 큰 백화점인 메이시가 3월 4일 문을 닫는다고 한다. 아마존과 같은 인터넷 쇼핑 사이트에 밀려서 적자를 견디지 못해 매장을 정리하는데, 그중 게인스빌 지점도 포함된 것이다. 폐점 세일(Closing Clearance Sale)을 했다. 한국 돌아가기 전 필요한 물건들을 쇼핑했다. 사람들이 북적였다. 시대의 흐름에 따라 젊은이들이 인터넷 쇼핑을 주로 하니 백화점 매장은 서서히 정리되는 것 같다. 인터넷 사용이 용이하지 못한 우리 세대의 삶의 방식이 조금씩 사라지고 있어서 안타깝다. (2018.1.28)

새로운 열정

캘리포니아의 원호네가 이사한 새 집에서 반짝반짝 새로운 삶을 시작하는 것을 보면서 신선한 충격을 받았다. 그것을 계기로 나를 되돌아보게 되었다. 10년 전부터 살림살이와 옷가지와 책을 포함하여 집에 있는 모든 물건들을 매년 5%씩 줄여가겠다고 마음먹고 꼭 필요한 것을 제외하고 살림을 줄여왔다. 인생의 정리가 10년 전부터 시작된 것이다. 자연스럽게 1년에 백화점 가는 횟수가 손꼽을 정도가 되었다. 문제는 살림살이와 모든 것이 나와 함께 늙어가고 있다는 것이다. 당연히 삶에 대한 열정도 식어 있다. 살림살이를 더 늘리지 않겠다는 생각은 변함이 없다. 하지만 낡고 오래된 물건은 새로운 것으로 바꿔야 한다는 것, 변화가 필요함을 느꼈다. 그 과정이 주부들의 즐거움이기도 하다. 중도를 지키는 것이 쉽지 않다. 새로운 것을 받아들이고 사는 것이 열정을 유지해주는 원동력이 된다. 열정을 잃지 말고 유지하자. (2018.1.30)

봄이 오다

날씨가 따뜻해진다. 한국보다 먼저 봄이 오는 것 같다. 잔디도 제법 올라와서 누렇던 잔디밭이 푸릇푸릇해지고 있다. 어제 파머스 마켓에서 사 온 딸기가 맛있다. 고기를 굽고 모처럼 상추쌈으로 맛있는 식사를 했다. 시장 보고 온 후의 즐거움이다. (2018.2.1)

쫄깃쫄깃 떡과 함께

34년 이상 고장 나지 않고 잘 돌아가는 떡 기계. 일 년간 잘 사용했다. 덕분에 매일 아침 쫄깃한 인절미를 먹을 수 있었다. 초대받아 갈 때 찹쌀떡을 만들어 가면 인기 만점이었다. 여기 교포들한테 주고 갈까 많이 생각했다. 우리 결혼생활과 함께한 물건이라 버리기 쉽지 않다. 그래서 도로 가져가기로 결정했다. (2018.2.2)

할머니들의 쇼핑 천국

월요일에 티제이 맥스(T.J. Max)에 가면 55세 이상 고객에게는 10%를 할인해준다. 이곳은 미국 할머니들의 즐거운 쇼핑 공간이다. 저렴한 가격에 볼거리가 가득하다. 한국 돌아갈 준비와 친지들 선물을 장만하기 좋다. 요즈음 매주 월요일 티제이 맥스 쇼핑이 나의 즐거움 가운데 하나가 되었다. (2018.2.5)

닥터 도널드와의 마지막 수업

오늘 닥터 도널드와 마지막으로 만났다. 그동안 하고 싶은 이야기를 감사 편지로 써서 드렸더니 고마워했다. 마지막까지 튜터의 사명감을 발휘하여 편지의 틀린 문장을 고쳐주었다. 도널드는 배움에 대한 열정이 대단한 분이다. 항상 책을 가까이하고 세계의 언어, 지리에 관심이 많다. 튜터로서 매우 훌륭한 분이다. 시간 약속을 철저히 지키시고, 정확한 발음으로 천천히 말씀하셔서 집중해서 들으면 잘 들린다. 그와의 만남으로 영어의 끈을 놓지 않고 이어갈 수 있었다. 도널드가 내내 건강하시길 빌어본다. (2018.2.8)

김 교수 부부와의 작별

김 교수님 부부와의 골프 모임은 오늘이 마지막이다. 좋은 분을 만나서 매주 주말이 즐거운 시간이었다. 예고된 이별이지만 그동안 정이 많이 들었다. 만남과 이별을 통해 아름다운 추억을 가슴에 담는다. 그리울 때 간혹 꺼내볼 수 있도록. (2018.2.11)

정리하는 마음

그동안 사용했던 물건들 믹서, 전기포트, 토스터, 김치 담글 때 필요한 통과 소쿠리 등등 부엌 용품들 사진을 찍어서 성모회에 올렸다. 필요한 사람들이 찜해서 주인이 정해졌다. 정리를 하고 나니 후련하다. 한국 갈 짐을 챙기다 보니 그동안 필요해서 가지고 있던 물건들이 다 짐이 되었다. 미니멀리즘을 실천해서 물건을 늘리지 않았던 것이 다행이다. (2018.2.13)

밸런타인데이

용재가 내가 좋아하는 초콜릿을 준비해두었다. 깜짝 선물이었다. 미국에서 살면서 아들과 마트를 함께 다닌다. 그래서 무얼 하나 사도 다 알게 된다. 하지만 초콜릿을 준비했을 줄은 전혀 몰랐다. 용재는 이벤트를 잘 한다. 나중에 결혼하면 색시에게 잘할 것 같다. 여자들은 지루한 삶에 작은 활력소가 되어주는 작은 선물과 이벤트에 감동한다. 작년 밸런타인데이 때 용재는 한국에 있고 딸 선혜가 미국에 있었는데, 아마존을 통해 초콜릿을 배달해주는 깜짝 이벤트를 해서 우리를 즐겁게 해주기도 했었다. (2018.2.14)

다시 만나요, 스탠

부모님처럼 따뜻했던 스탠. 항상 친절하고 유머러스해서 스탠을 만나면 즐거웠다. 용재는 스탠을 따라다니며 실전 골프를 배웠다. 덕분에 용재가 골프에 조금씩 빠져드는 것 같다. 스탠을 만난 것이 행운이다. 서로 이메일 주소를 주고받고 관계를 이어가기로 했다. 스탠의 아들 OK GO는 뮤지션인데 그를 만나러 올 때 LA에서 또 만날 것을 기대하고 오늘은 작별 인사를 했다. (2018.2.16)

게인스빌 공동체와의 마지막 인사

사목회장 레아 씨 집에 신부님과 성모회장 로사 씨가 모였다. 성당 식구들과 마지막 식사가 될 것 같다. 오늘 미사를 끝으로 게인스빌 공동체와 마지막 인사를 했다. 게인스빌 공동체가 있어서 외롭지 않았다. 레아, 로사, 엘리사, 프란체스카, 그리운 이름으로 가슴에 남을 것이다. 스테파노 신부님의 말씀으로 일주일을 주님 안에서 살아갈 수 있어서 행복하고 감사했다. 게인스빌 식구들의 따뜻한 축복의 말씀을 적은 미식축구공을 선물로 받았다. 거기 게인스빌 공동체와의 만남이 추억으로 담겨 있다. (2018.2.17)

퍼거슨 교수님과 이 교수님

떠나는 우리 부부와 장 교수 댁을 위해 이 교수님 댁에서 작별 파티가 열렸다. 퍼거슨 교수님과 제자 크리스티나, 이 교수 부부, 장 교수 부부, 제주대 김 박사가 모였다. 이 교수님 부부의 따뜻한 마음과 배려에 감사하며, 딸 메리의 바이올린 연주와 함께. 정이 들자마자 이별이다. 퍼거슨 교수님, 이 교수님 부부와도 마지막 인사를 했다. (2018.2.18)

한국 가면 그리울 것들

한국 가면 그리울 것이 많다. 미국인들도 가장 살고 싶어 하는 이곳 플로리다의 맑은 공기와 겨울에도 따뜻한 날씨, 강렬한 햇살, 아침 새소리, 맑은 하늘 빛깔, 해 질 녘 노을, 밤에 문 열고 나가면 쏟아질 듯 총총한 별들 등 아름다운 자연이 그리울 것이다. 그리고 건강한 웃음을 보여주는 주민들이 더욱 그리울 것이다.

다은이가 처음 한국 가서 여기 생활을 그리워하여 "밖에!"를 외쳐대며 힘들어했던 것처럼, 여기 사람들은 당연히 여기는 깨끗한 자연환경이 가장 그리울 것 같다. 유학 시절에는 경제적인 풍요에 부러움을 느꼈는데, 이제 그것은 더 이상 부럽지 않다. (2018.2.19)

주변을 정리한다는 것

한국 돌아갈 준비를 하면서 여기 생활을 하나씩 정리했다. 우리 가족이 항상 사용하던 헬스장, 골프장, 아파트 내 수영장, 포켓볼장, 산책로 등. 항상 시장 보던 샘스, 퍼블릭스, 트레이드 조, 대한마트, 춘칭마트, 자주 다니던 티제이 맥스, 스포츠 용품점 딕스, 옥스몰에 있는 메이시, 자주 다니던 레스토랑인 월남집 하노이,

텍사스 로드하우스, 라 티엔다(La Tienda) 멕시칸 식당, 방콕 스퀘어, 블레이즈 피자, 메트로 다이너, 소니 비비큐, 파이브 가이스, 올리버 가든 등 아쉽지 않게 골고루 작별했다. 가구와 가전제품들도 새 주인에게 보냈다. 그리고 정든 사람들과 이별했다. 게인스빌 성당 공동체 신부님을 비롯해 신자들, 플로리다대학 교수님들과 박사과정 학생들, 함께 골프 쳤던 김 교수님 내외, 송 과장 부부, 골프장에서 만난 교민들과 비지팅 오신 여러분들, 그리고 매주 만난 튜터 도널드와 스탠. 여기 날씨와의 이별도 아쉽다.

1년이지만 많은 인연들을 만났다. 내 나이가 60이 훌쩍 넘으면서 이번 주변 정리가 그냥 평범하지 않다. 언젠가는 죽음을 앞두고 이 세상과 작별할 시기가 온다. 아마 그때도 이렇게 정리해야 되지 않을까 하는 생각이 겹친다. 주변을 정리하면서 한편 우리에게 갈 곳이 있다는 것, 우리를 기다리는 집이 한국에 있다는 것에 감사했다. (2018. 2. 22)

안식년을 마치며

안식년을 마치면서 많은 것에 감사하다. 선물 같은 1년을 허락해주신 주님께 감사하다. 이번 안식년은 1년간 여행을 가장 많이 하고, 열심히 운동하고 미련 없이 즐기고 싶었다. 바람대로 만족스런 1년을 보낸 것 같다. 선혜네 가족과도 두 달 동안 함께했고, 용재와도 6개월을 함께해서 더 좋은 시간이었다. 또한 연초에 떠난 오랜 친구들과의 멕시코 푸에르토바야르타 '황혼의 반란' 여행은 즐거운 추억으로 가슴에 오래 간직될 것이다. (2018.2.23)

안녕, 게인스빌

아침에 마지막으로 집 앞을 산책했다. 조용하고 아름답다. 행복한 이웃으로 살았다. 이제 떠나야 할 시간이다. 항상 그리울 것 같다. 현대해운에서 한국으로 보낼 짐을 포장해서 가져갔다. 게인스빌에 처음 왔을 때처럼 집이 텅 비었다. 파크레인 집과도 마지막으로 작별했다. 게인스빌과도 작별했다.

올랜도로 간다. LA 가는 비행기를 타기 위해서다. 긴 여행을 마치고 한국의 우리 자리로 돌아가기 위해서다. 플로리다여, 안녕! 그동안 고마웠다. 앞으로도 새로운 것에 도전하는 황혼의 반란은 계속될 것이다. (2018.2.24)